anagramma

314

The Private Club Series comprende:

Non posso fare a meno di te
Ti odierò fino ad amarti
La risposta è amore

Questo romanzo è un'opera di fantasia. Nomi, personaggi, luoghi e avvenimenti sono frutto dell'immaginazione dell'autore o sono usati in modo fittizio. Qualunque analogia con fatti, luoghi, organizzazioni o persone reali, esistenti o esistite, è del tutto casuale.

Titolo originale: *Savor*

Traduzione dall'inglese di Valentina De Rossi
e Maria Cristina Cesa
Prima edizione: luglio 2015

Roma, Casella postale 6214

ISBN 978-88-541-8455-8

www.newtoncompton.com

Realizzazione a cura di Corpotre, Roma
Stampato nel luglio 2015 da Puntoweb s.r.l., Ariccia (Roma)
su carta prodotta con cellulose senza cloro gas provenienti
da foreste controllate, nel rispetto delle normative ambientali vigenti

Monica Murphy

La risposta è amore

The Private Club Series

Newton Compton editori

Capitolo 1

Matt

«Si può diventare schiavi del profumo di qualcuno?». La mia voce è distaccata, i miei pensieri disordinati. Fisso lo sguardo sulla donna di cui sto parlando. La stessa che sta lentamente diventando la mia droga, nonostante il mio cervello urli a gran voce che questa dipendenza è un errore madornale. Per me. Per tutti.

Ivy Emerson si volta verso di me, incredula. Si dà il caso che la fidanzata del mio amico, nonché la futura madre di suo figlio, sia anche una delle migliori arredatrici d'interni di tutta la Napa Valley e *adesso* sta lavorando per me. «Ti riferisci a *qualcuno* in particolare?».

Cavolo. Davvero l'ho detto ad alta voce? Non volevo.

Siamo seduti nel mio ufficio, la porta spalancata mi offre una perfetta visuale dell'ingresso, dove c'è la scrivania della mia assistente, Bryn James. Miss James: appartiene a lei il profumo inebriante che mi fa girare la testa e rizzare l'uccello.

Come appartengono a lei quei completi scialbi e quei modi pacati che lasciano pensare che non sia il mio tipo. Allora perché questa attrazione? Perché il suo profumo mi fa impazzire?

Non ha alcun senso.

«No, a nessuno», mento scrollando le spalle. Ivy è passata a portarmi l'ultima fattura per i suoi servizi. Tra i suoi prezzi astronomici e i soldi di Archer Bancroft, questi due finiranno per conquistare il mondo intero. O forse gli basterà comprarlo.

«Che bugiardo che sei», mormora scuotendo la testa. «E non riesci neanche ad accettare la realtà».

«A che proposito?». Prendo una penna e scribacchio le mie iniziali sulla fattura, mentre Ivy si accomoda sulla poltrona dall'altra parte della scrivania. «Portala a Bryn e ti staccherà un assegno. Lo vuoi adesso o preferisci passare più tardi?».

Ivy sorride. «E sei anche un vero campione quando si tratta di svicolare, o sbaglio? Ah, uomini. Siete tutti uguali».

Aggrotto la fronte, chiedendomi a cosa si riferisca, adesso. Conosco Ivy da una vita, da quando ho stretto amicizia con suo fratello Gage e il suo attuale fidanzato Archer. Il problema è che la conosco da così tanto tempo che Ivy si sente costantemente in diritto di ignorare i "confini professionali", quando lavoriamo insieme. Non esita neanche un istante a dirmi come la pensa.

E il più delle volte non voglio saperlo, tipo adesso.

«Ivy», la riprendo con voce profonda e le lancio un'occhiataccia, ma lei mi sorride quasi fossi un idiota. Questa donna fa sempre di testa sua. «Quando vuoi il tuo assegno?».

Lei agita una mano, facendo tintinnare i braccialetti intorno al polso. «Fammelo recapitare. Bryn saprà come e dove spedirlo. È sempre così efficiente, non trovi?»

«Certo che sì». Faccio scivolare la fattura sulla scrivania verso di lei, sperando che colga il messaggio. Vorrei che se ne andasse, così potrei tornare a lavorare. E magari a fare ricerche per capire se è davvero possibile diventare schiavi dell'odore di una persona. Credo che abbia a che fare con i feromoni, o roba del genere...

«Ha anche un profumo fantastico. Le ho chiesto quale usa, ma non me lo dirà mai. Secondo me vuole che resti un segreto». Il suo sorriso è così ampio che scommetto le fanno male le guance.

Dannazione. Perché le ho fatto quella domanda? Ero sovrappensiero, cosa che mi capita spesso quando fisso Miss James troppo a lungo.

È come se smettessi di pensare. Il mio cervello si spegne. Non riesco a far altro che guardarla e immaginare cosa farebbe se la spingessi sulla scrivania, le afferrassi i suoi lunghi capelli castani e la baciassi con tutta la passione repressa che mi fa ribollire il sangue da quando ha cominciato a lavorare per me.

Ovvero dal giorno in cui ho rilevato l'azienda vinicola. Rientrava nel pacchetto. Il precedente proprietario mi disse che era un regalo per me.

Un regalo terribilmente seducente. Spedito sulla terra – e davanti alla porta del mio ufficio – per farmi impazzire di desiderio.

E tutto per via del suo profumo.

Oh, e di quella vocina sexy. Che usa così poco, però, visto che è dannatamente taciturna. E quei capelli, poi, che raccoglie sempre in uno chignon o in una coda elegante.

E anche quei vestiti scialbi e castigati non me la contano giusta. Ci scommetto. Non sono un idiota. Probabilmente nascondono un sedere e dei seni meravigliosi.

Ovviamente potrebbe essere tutto frutto della mia immaginazione, perché mi turba provare attrazione per la mia assistente – la mia banale, ma terribilmente invitante impiegata.

Non ha alcun senso.

«Fa' finta che non ti abbia chiesto niente», mugugno a Ivy, ma lei scoppia a ridere.

Dio, è esasperante. Davvero non so come faccia Archer a sopportarla, a volte.

«Non essere così scontroso. Puoi anche ammettere di avere un debole per Bryn». Ivy si piega in avanti sulla poltrona con un sorrisetto malizioso. «Ho la sensazione che anche lei abbia un debole per te, sai?».

Lo so. E non posso farci niente. Bryn James lavora per me. È la mia assistente personale. È costantemente al mio fianco; trascorriamo più tempo insieme che con chiunque altro, soprattutto ora che la grande riapertura è sempre più vicina. Lei rappresenta i miei affari. Se scopassi con una mia dipendente e la nostra storia finisse male, passerei guai seri. Potrebbe ridurmi sul lastrico se mi denunciasse per molestie sessuali, e mi ritroverei con un cazzo moscio in mano e un'azienda in fallimento.

Già. Non correrò questo rischio. Guarda cos'è successo a mio padre. Non permetterò che mi capiti la stessa cosa.

«Non importa. Non accadrà nulla tra noi». Guardo Ivy severo. «E questa conversazione non lascerà mai questa stanza». Lancio un'occhiata dietro di lei, per vedere se Bryn è alla sua scrivania, ma la sedia è vuota.

Grazie a Dio.

Sul volto di Ivy si dipinge un'espressione solenne mentre alza tre dita. «Questa conversazione resterà tra queste mura. Parola di scout».

«Non hai mai fatto gli scout», mormoro, e m'insospettisce questo giuramento basato su una menzogna. Probabilmente ne parlerà con tutti. E soprattutto con Archer e Gage. Non ho bisogno di sentire anche le loro stronzate.

E mi sto facendo fin troppi problemi.

Ivy ride di nuovo. «Sarò muta come un pesce, te lo prometto. Ma fatti dire una cosa, Matt». Si china verso di me e abbassa la voce. «Bryn si è presa una bella cotta per te. Puoi anche far finta di niente, ma è evidente: nel suo tono di voce, nel modo in cui le brillano gli occhi ogni volta che ti guarda o parla di te. Il modo in cui il suo corpo interagisce con il tuo quando siete insieme... è così. Un esperto di linguaggio del corpo ci andrebbe a nozze, se vi vedesse».

Un esperto di linguaggio del corpo? Di cosa diavolo sta parlando? «Non so di cosa parli, ma comunque le cotte sul posto di lavoro non sono che questo. Cotte. Attrazioni di poco conto, niente di più. Punto. Fine della storia».

Non faccio che ripetermelo. Non posso provarci con Bryn, non importa quanto sia tentato. Non solo sarebbe terribilmente sconveniente uscire con la mia assistente, ma veniamo anche da due mondi opposti. Lei sembra così carina e normale, taciturna e riservata, e io non sono affatto così. Per anni la mia vita è stata un ottovolante.

«Ti ho capito. Stai cercando di fare la cosa giusta, e ti ammiro per questo. Quindi per te Miss James non è altro che un'efficiente segretaria?».

Be'. Ivy ha quasi centrato il punto. Quando l'ho conosciuta, Bryn spiccicava a malapena due parole, ascoltava a capo chino ogni volta che mi rivolgevo a lei e mi rispondeva sempre "Sì, signore", "No, signore". Sembrava volesse quasi mimetizzarsi con le pareti, come se preferisse passare inosservata.

E ci è riuscita.

Ma appena abbiamo cominciato a lavorare insieme un po' più serenamente, è successo qualcosa. Comincio a pensare che ci sia lo zampino di Ivy nella lenta trasformazione di Bryn. Ora mi guarda negli occhi mentre mi parla, ed è più vivace. Ha anche cominciato a indossare colori più audaci, che attirano la mia attenzione sul suo seno, per quanto mi sforzi di distogliere lo sguardo.

Questi sottili cambiamenti mi hanno fatto notare tutta una serie di dettagli, come il colore dei suoi occhi (blu), i suoi capelli (così morbidi che vorrei toccarli) e le sue labbra carnose e seducenti (diciamolo pure: spettacolari).

I suoi occhi indugiano su di me quando mi guarda, e così i miei. Il suo sorriso si addolcisce e la sua voce si fa più profonda quando mi parla, accendendo le mie fantasie. Avrebbe questo tono di voce l'istante prima che la baciassi? Che le togliessi i vestiti? Che la facessi sdraiare sul mio letto?

Già. Ecco i pensieri pericolosi che mi frullano per la testa. Quasi rimpiango la vecchia Miss James. Quella che si confondeva con la carta da parati: noiosa e anonima. Lo so, non dovrei dire una cosa del genere, è terribile, ma cavolo, non posso lasciarmi distrarre, è l'ultima cosa che voglio.

E lei è diventata la più grande fonte di distrazione con cui ho a che fare.

«Proprio così. È un'ottima assistente. Smettila di vedere cose che non esistono», taglio corto con un tono da vecchio irritabile e scostante.

«Oh, ma dài. Puoi anche ammettere di essere attratto da lei. Ormai hai vinto la scommessa, Matt. Su tutta la linea». I suoi occhi scintillano. «Arrenditi, e vedrai che Gage e Archer non avranno nulla da ridire».

«Comincio a pensare che provi un piacere perverso nel tormentarmi», ribatto.

La scommessa da un milione di dollari: quei due stronzi dei miei amici ancora non mi hanno dato un centesimo dei cinquecentomila dollari che mi devono a testa. Quasi un anno fa, al ricevimento di matrimonio di un nostro amico, quegli idioti non ci hanno pensato due volte ad accettare la mia proposta: chi di noi fosse rimasto scapolo avrebbe vinto un milione di dollari. L'ho buttata lì per scherzo. Pensavo che Archer e Gage non si sarebbero mai innamorati, soprattutto Archer. Non immaginavo che mi avrebbero preso sul serio.

E invece, contro ogni previsione, lo fecero. Ma mi resi subito conto di averli in pugno.

Archer è stato il primo a cadere. Subito seguito da Gage. Non hanno retto neanche sei mesi. Cavolo, Archer si è fatto eliminare la sera stessa in cui abbiamo fatto la scommessa, quando si è messo con Ivy.

Che follia. È come se la scommessa li avesse spinti a trovare una donna e a innamorarsi.

La risata di Ivy mi scuote dai miei pensieri e quando alzo lo sguardo lei è in piedi davanti a me, che prende la fattura dalla mia scrivania. «Vero, mi piace da morire tormentarti. Ma adesso devo andare. È stato un piacere passare qualche minuto in sua compagnia, Mr DeLuca. Non vedo l'ora di vederti la prossima settimana, quando cominceremo ad allestire l'inaugurazione».

«Ci vediamo», ribatto secco, ma lei è già scappata via dal mio ufficio e ha posato la fattura sulla scrivania di Bryn prima di scomparire del tutto dalla mia vista.

Mi abbandono contro lo schienale della poltrona, mi strofino la faccia con una mano e la barba incolta mi graffia il palmo. Ho bisogno di radermi. E ho bisogno di una cazzo di vacanza. Non faccio che lavorare, lavorare, lavorare da quando ho rilevato questa cantina per togliermi uno sfizio.

Pensavo che sarebbe stato divertente. Insolito. Cercavo qualcosa da fare dopo la mia eclatante dipartita dalla National Baseball League.

Ho passato tutti gli anni della formazione su un campo di baseball. Vissuto e respirato quella merda fino a farne la mia carriera. Ho puntato su una carriera più lunga di quella di mio padre. Ho puntato su una carriera migliore della sua.

Che è andata a rotoli il giorno in cui sul campo, mentre correvo all'indietro per prendere al volo una palla, ho inciampato e sono caduto. Non ricordo neanche come ho fatto. Non l'ha capito nessuno.

So solo che un istante prima ero sul tetto del mondo, ad allenarmi per una partita importante, e quello dopo ero in ospedale, per un delicato intervento al ginocchio.

La mia carriera era finita, e avevo giocato solo otto stagioni. La mia vita era completamente cambiata, e non avevo idea di cosa avrei potuto fare.

Archer non faceva che chiedere a me e a Gage di trasferirci nella Napa Valley. E appena sono stato costretto a ritirarmi, ho deciso di andare a caccia di un investimento interessante e di una possibile distrazione.

In pochi giorni, l'ho trovata: un'affermata azienda vinicola che un tempo era l'orgoglio della zona e aveva cominciato a passarsela male appena il suo fondatore era morto. La cantina era ipotecata. Prima che andasse all'asta per fallimento, l'ho rilevata per quattro soldi.

E mi sono ritrovato con un pugno di dipendenti – tra cui Miss Bryn James – che mi guardava come fossi il suo salvatore.

È venuto fuori che il problema non erano gli impiegati, né la qualità del vino, bensì la marea di soldi che il figlio maggiore del vecchio proprietario, appena preso il suo posto, aveva sperperato a destra e a manca in investimenti inutili. Aveva dissanguato le casse della famiglia e della compagnia, lasciando che languissero a causa di campagne pubblicitarie deludenti, etichette datate e nessun tipo di piano industriale per i successivi sei mesi, altro che cinque anni.

Questo posto era destinato a fallire.

Così ho arraffato la proprietà, le ho affibbiato il mio cognome ed è nata la Cantina DeLuca. Negli ultimi mesi ho lavorato senza sosta, in vista della grande riapertura. La maggior parte della gente del posto, soprattutto i vinai, pensa che io sia un idiota. Che il grande e grosso ex giocatore di baseball Matthew DeLuca sia arrivato qui per giocare a fare l'imprenditore, convinto di sapere come si manda avanti un'azienda vinicola. Che stessi cercando un passatempo e l'abbia trovato nella cantina.

In parte hanno ragione, anche se non lo ammetterò mai.

Voglio dimostrargli che si sbagliano. Fargli vedere che so esattamente cosa diavolo sto facendo. Voglio essere rispettato. Non come mio padre, che ha mandato gambe all'aria tutto il rispetto che era riuscito a guadagnarsi.

Non sono come lui. È lui l'idiota. La gente ha cercato di far passare per un idiota anche me. E probabilmente ci proverà ancora. Devo dimostrare una volta per tutte che solo perché sono il figlio di Vinnie DeLuca, questo non significa che io sia come lui.

Ecco perché devo stare alla larga da Miss James. È bella, ma è una donna e lavora per me. E questo mi procurerebbe un sacco di problemi.

Problemi di cui non ho assolutamente bisogno.

Bryn

Mi siedo dietro la scrivania, prendo la fattura lasciata da Ivy e la aggiungo alla pila di cose da fare prima di lasciare l'ufficio. Negli ultimi tempi non riesco mai ad andar via prima delle sei, ma oggi ho la sensazione che dovrò fare ancora più tardi.

La grande riapertura è prevista tra poco più di una settimana, e c'è ancora così tanto da fare. Tra l'altro devo riuscire a trovare un po' di tempo per fare shopping con Ivy, questo weekend, e trovare un vestito. Non che Matt non mi paghi bene, ma davvero non posso permettermi di spendere una follia, soprattutto per un vestito che probabilmente indosserò una volta sola per poi appenderlo in un angolo del mio armadio.

Ma vorrei comunque fare una buona impressione a Matt, perché sono uno dei volti della Cantina DeLuca, ovviamente.

Ovviamente. Non c'entra niente il fatto che lo trovi così affascinante che ti gira la testa appena si volta verso di te. O ti rivolge quel sorriso. O quando lavorate insieme nel suo ufficio e la sua voce è un sussurro profondo, e il suo profumo virile indugia nell'aria facendoti impazzire. O il modo in cui ti guarda quando pensa che tu non te ne accorga. Come se volesse spogliarti lentamente e accarezzare il tuo corpo nudo. Per poi divorarlo.

Chino la testa con un sospiro, e torno a fissare la tastiera davanti a me. Prendermi una cotta per il mio capo è la cosa più stupida che abbia mai fatto. E ne ho fatte di stupidaggini in passato.

Alzo gli occhi al cielo e comincio a battere le dita sui tasti. La mia mente è un groviglio di pensieri. Non faccio che rimuginare su questa improbabile attrazione per il mio capo. E se non riesco a dargli un senso quando sono da sola, figuriamoci quando devo parlare con Matt. Me lo ritrovo accanto, e il mio cervello va letteralmente in corto circuito. Si avvicina alla mia scrivania, e mi gira la testa. Mi sorride, e il mio cuore perde colpi.

Qual è la cosa peggiore in tutta questa storia? Che ci sono già passata. E non mi riferisco solo alla cotta: ho lasciato che il mio vecchio capo m'inseguisse intorno alla scrivania un paio di volte per toccarmi il sedere. E i seni. Gli ho dato uno schiaffo sulle mani, ma ridacchiavo. Poi ho ceduto e gli ho concesso un bacio.

Più di uno, in realtà.

Poi ho scoperto che era sposato e aveva dei figli e, mio Dio, sarei voluta morire. Mi sono licenziata il giorno dopo. Avevo diciannove anni ed ero terrorizzata dal pensiero che sua moglie sarebbe venuta a cercarmi. E avrebbe fatto bene, dopotutto avevo baciato suo marito. Come ho potuto fare una cosa così terribile? Cosa c'è che non va in me?

Che sei nata con quel bel corpo e quella splendida faccia, mi disse mia nonna tanto tempo fa. *Non ti porteranno che guai, piccola. Sei troppo carina.*

Faccio una smorfia, le mie dita restano sospese sulla tastiera. Fantastico. Adesso è mia nonna a infestare i miei pensieri. Ma le sue parole – e ciò che è successo con il mio vecchio capo – sono la ragione per cui ho cominciato a svilire il mio aspetto. La mia faccia mi ha già creato fin troppi problemi.

Quand'ero una ragazzina, il pervertito che viveva nella roulotte tre posti più in là provò a trascinarmi nella sua macchina. E io feci quello che mia mamma mi diceva sempre di fare se fosse successa una cosa del genere: gli sputai in faccia e scappai via.

Poi, alle superiori, tre ragazzi della squadra di football mi accerchiarono nella palestra vuota, mi costrinsero a mettermi in ginocchio e stavano quasi per approfittare di me – infilandomi il cazzo in bocca a turno – quando il loro allenatore ci trovò e li mandò affanculo. Nessuno parlò più di quell'episodio.

Che mi spaventò a morte, anche più del pervertito.

Così quando il mio ex capo mi sedusse con il suo fascino e la sua voce melodiosa, e io mi ritrovai a baciarlo con tutto il desiderio represso di una diciannovenne ingenua che aveva letto troppi romanzi d'amore, non c'è da sorprendersi se i miei stupidi sogni andarono in frantumi in un istante.

I miei stupidi sogni sono sempre andati in frantumi. E l'unica cosa che mi ha sempre cacciato nei guai è il mio bel faccino.

Mi trasferii, lasciai il Texas per andare in California, la terra dei sogni e del successo. Provai a entrare nel mondo di Hollywood, pensando che se avevo un bell'aspetto, potevo almeno cercare di metterlo a frutto.

Ma presto mi resi conto che lì c'erano migliaia di bei faccini come il mio. Riuscii a figurare in una pubblicità per una tv locale che veniva trasmessa solo di notte. Posai in bikini a un paio di saloni dell'auto, e fui costretta a prendere a schiaffi tutti gli uomini che tentarono di toccarmi le cosce o il sedere.

Così, scoraggiata, cominciai a cercare lavoro su internet. Un lavoro qualsiasi, ovunque, non m'importava, volevo solo andarmene da Hollywood. E di nuovo i miei sogni s'infransero miseramente. Nessuno voleva darmi un posto se prima non avessi fatto sesso con lui. O gli avessi fatto un pompino. Non so perché, ma tutti volevano almeno un pompino.

Pervertiti.

Alla fine trovai un annuncio su Craigslist, cercavano un'assistente personale nella Napa Valley. E questo mi avrebbe permesso di lasciare Hollywood, ma non la California, quindi non sarei dovuta tornare a casa per sentirmi dire da tutti che ero una fallita.

Così decisi di trasformarmi. Ottenni il posto e smisi di truccarmi, presi a legarmi i capelli in uno chignon o in una coda e a indossare vestiti larghi e dai colori neutri. L'ombra di quella che ero un tempo. Ero taciturna. E dannatamente brava nel mio lavoro.

Sfortunatamente, il precedente proprietario dell'azienda vinicola era un disastro.

Quando perse tutti i suoi soldi e la proprietà venne ipotecata, pensai che sarei dovuta tornare nella mia polverosa cittadina del Texas, il luogo in cui muoiono i sogni. Avevo già cominciato a preparare gli scatoloni con tutte le mie cose, e a cercare un modo per vendere i pochi mobili dell'appartamento di merda che a stento riuscivo a permettermi, quando il mio salvatore è entrato nella mia vita e l'ha cambiata per sempre.

Matthew DeLuca.

Un ex campione di baseball, sexy da morire, che era stato costretto a ritirarsi dopo un infortunio al ginocchio che aveva stroncato la sua carriera. Entrò negli uffici bello e sorridente come una star del cinema, e con quella sua voce profonda e decisa – quella che rimescola ogni cellula del mio corpo appena la sento – ci disse che avrebbe cambiato in meglio le nostre vite.

E lo ha fatto davvero.

Ci pagato gli stipendi arretrati che il precedente proprietario si era intascato, e ha dato un aumento a tutti i dipendenti della Cantina Chandler – ora DeLuca – chiedendoci se potevamo fare qualche straordinario nei mesi successivi, in vista della riapertura dell'azienda vinicola.

Non ha dovuto chiedercelo due volte. Eravamo disposti a fare qualsiasi cosa per soddisfare il nostro nuovo capo. E per guadagnare qualche dollaro in più.

Non solo Matt mi ha salvato la vita, è anche un capo fantastico. Leale, intelligente, generoso, mi ha spronato a mettere a frutto le mie capacità. E non ha neanche provato a inseguirmi intorno alla scrivania per rubarmi un bacio.

Anche se a volte vorrei che lo avesse fatto.

«Miss James, può preparare una lista aggiornata degli invitati al party della prossima settimana?».

Il tono asciutto e professionale di Matt mi scuote dai miei pensieri, alzo lo sguardo e me lo ritrovo davanti alla scrivania, con un'espressione preoccupata scolpita in faccia. Ha la fronte corrugata e la testa piegata da una parte, come se stesse cercando di capire che problema ho.

Certo, potrei dirgli che è *lui* il mio vero e unico problema, posso?

«Sì, signore». Le mie labbra chiuse s'incurvano, è così che sorrido adesso, visto che anche il mio luminoso sorriso a trentadue denti mi ha creato tanti problemi. Gli uomini fraintendevano sempre.

«Ci sarà anche lei, giusto?». Inarca un sopracciglio mentre attende una mia risposta.

Mi si secca la bocca, mi inumidisco le labbra, e noto che il suo sguardo si posa per un istante sulla mia bocca, prima di tornare sui miei occhi. «Giusto», rispondo riprendendo le sue parole. Dovrò esserci, per assicurarmi che tutto vada per il verso giusto. Anche se sono così intimorita che me lo risparmierei.

E se… se lui si portasse un'amica? Sarei distrutta. Dovrei far finta di niente e continuare a lavorare, ma ci rimarrei male da morire.

E questo è stupido. Stupido, stupido, stupido.

«Bene», annuisce. «Ho bisogno di lei».

«Ci sarò», lo rassicuro con voce flebile, e sono felice di essere seduta perché mi tremano un po' le gambe. Dio come mi piace che mi abbia detto di aver bisogno di me.

Di aver bisogno di *me*.

«Grazie». Matt annuisce e si avvia a testa bassa verso la porta che conduce fuori. «Vado nel vigneto. Mi mandi un SMS se ha bisogno di me».

«Lo farò. E si diverta!», esclamo, e il mio sguardo si posa sul suo sedere fasciato dai jeans. Veste casual dal primo giorno che è entrato qui, perché passa gran parte del suo tempo nel vigneto, per capire come si produce uva di qualità, che a sua volta produrrà anche vino di qualità. Indossa sempre jeans e camicette button-down, e spesso arrotola le maniche fino al gomito, mostrando quegli avambracci forti e abbronzati che mi fanno venire l'acquolina in bocca.

Ogni tanto si presenta in giacca e cravatta. Di solito quando ha un appuntamento con qualcuno d'importante. Un investitore, un grossista, o simili. E quelli sono i giorni peggiori. La mia concentrazione è completamente fuori gioco. Quell'uomo sa indossare un vestito come nessun altro... Quelle spalle larghe, il petto ampio, i capelli castani un po' più lunghi dietro (un retaggio dei giorni sul campo da baseball, scommetto). I suoi capelli folti sono così seducenti che le mie dita muoiono dalla voglia di accarezzarli.

Faccio fatica a trattenermi. Quell'uomo è come una droga, e io ormai ne sono irrimediabilmente schiava. E felice di esserlo, per giunta. È ridicolo quanto tempo passi a pensare a lui.

Ma lui non pensa affatto a me, a quanto pare.

Sento squillare il cellulare, e vedo che è Ivy, così rispondo. Non mi piace rispondere a telefonate personali, sul lavoro. Non che Matt mi abbia mai detto niente, ma non mi sembra corretto.

Anche se non ne ricevo molte. Non ho molti amici, visto che mi sono trasferita qui da poco, tutto sommato.

Non ho un fidanzato, perché gli uomini non portano che guai, e di certo mia nonna non mi chiamerà mai. Si comporta come se non esistessi, per lo più.

«Devi venire a fare shopping con me, questo sabato», esordisce appena rispondo.

Il cuore mi sprofonda nel petto. Volevo. E mi sono lasciata convincere. Ma più ci penso e più mi rendo conto che non posso permettermi di andare nei negozi che frequenta Ivy. Lei è ricca sfondata. E io decisamente no. «Ivy, apprezzo che tu voglia farmi staccare, ma non posso spendere troppi soldi per un vestito», le spiego orientando la poltrona girevole verso la finestra che si affaccia sul vigneto.

Riesco a vedere Matt, che parla con il direttore tecnico, i suoi capelli risplendono alla luce del sole, la camicia bianca button-down si tende sulle sue spalle in modo terribilmente seducente. «Andrò da Ross, o in qualche altro centro commerciale», continuo. «Rientrano di più nel mio budget».

«Tu non andrai da Ross», sospira Ivy, innervosita. «Ho dei progetti in mente, e tu ne fai parte, quindi verrai a fare shopping con me. E porterò un'amica. La adorerai. È la ragazza di mio fratello, è assolutamente incantevole».

Fantastico. Conosco il fratello di Ivy, Gage Emerson, è un pezzo grosso del settore immobiliare e ha aiutato Matt a trovare l'azienda vinicola. È ricco e bellissimo. Come Matt. E come il fidanzato di Ivy, Archer Bancroft.

E poi ci sono io, la piccola Bryn James di Cactus, Texas, cresciuta in un prefabbricato e povera in canna da sempre. Ho cambiato pelle come i serpenti che si annidavano sotto il nostro container e iniziato una nuova vita. Qui, in California, lo Stato dell'Oro.

Un po' di quell'oro si è appannato, da quando sono qui, ma niente che non si possa sistemare con una piccola lucidata.

«Sembra...».

«Il tuo incubo peggiore?». Ivy scoppia a ridere, mentre io resto seduta quasi scioccata. Come faceva a saperlo? «Mi piaci, Bryn. Un sacco. E credo di piacerti anch'io».

«È così», rispondo meccanicamente, come un automa.

Le risate di Ivy si fanno ancora più fragorose. «Hai solo bisogno di... lasciarti andare. Sei sempre così tesa. Hai degli amici? Un ragazzo? Indossi mai altri colori che non siano il marrone e il beige?»

«Ehi». Mi sento ferita, anche se Ivy ha detto solo la verità. «Ho comprato quelle magliette vivaci da Gap, il mese scorso, proprio come mi avevi consigliato tu».

«Lo so. E sono orgogliosa di te, per aver fatto questo sforzo. Ma ti serve più colore, Bryn. Sei così carina – e non negarlo, perché lo sei davvero, *fidati*. Facciamo qualcosa anche ai tuoi capelli, diamo una svecchiata al tuo stile». Ivy tace per un istante. «Per favore, offro io».

«Non esiste. Non voglio la tua carità». Volgo le spalle alla finestra e mi concentro sullo schermo del computer, ma mi si offusca la vista. Di solito, quando qualcuno vuole fare qualcosa di carino per me, si aspetta sempre qualcosa in cambio.

O almeno mi è capitato sempre così.

«Non è carità, te lo prometto. È solo... Ti spiegherò tutto sabato. Potremmo vederci per pranzo, ti dirò tutto, e poi andremo a fare shopping in centro. Che ne pensi?».

Che è un incubo. Elemosina. Dovrei rifiutare. Non voglio sentirmi in debito con nessuno. Come se non bastasse il senso di gratitudine che già provo nei confronti del mio capo. Gli devo così tanto, e lui non ne ha idea.

Non voglio che Ivy si senta in dovere di prendersi cura di me. È così imbarazzante.

«Di' solo sì, Bryn. Coraggio». Il tono di Ivy è così persuasivo che alla fine cedo, perché non sono altro che una ragazzina, è più forte di me.

«Va bene. Accetto. Ma avrò l'ultima parola su tutto, ok? Cosa comprare e cosa no», le dico con voce ferma.

«Urrà! Non te ne pentirai, te lo prometto». La sua voce è euforica. Forse ha dato a questa sessione di shopping più importanza di quanto non pensassi. «Ah, Bryn?»

«Sì?»

«Non parlarne con Matt, ok?»

«Ooook».

Bene.

Questo sì che è strano.

Capitolo 2

Bryn

Ci incontriamo a pranzo nel locale dell'amica di Ivy, a St Helena, in centro. L'Autumn Harvest Bakery and Café è un posto molto carino e popolare, a giudicare dalla folla di persone in fila per comprare panini, dolci e caffè. Appena entro, mi chiedo se riusciremo a trovare un posto libero.

Finché non noto Ivy, col suo pancione, che si sbraccia verso di me dal tavolo in fondo alla sala e traggo un sospiro di sollievo.

Mi faccio strada nel ristorante affollato, e il mio sguardo si posa sul menu, che è scritto su una lavagna enorme appesa alle spalle del bancone. Le zuppe e le insalate sembrano fantastiche e il mio stomaco brontola per la fame.

Accidenti. Speriamo non mi ricapiti quando conoscerò l'amica di Ivy. Che figuraccia.

«Bryn! Che bello vederti». Ivy salta su dalla sedia e mi abbraccia come se fossi un'amica che non vede da anni. Ricambio il suo gesto, stranamente toccata dal suo affetto, è un po' che non ne ricevo.

Mi scosto da Ivy per prima e sorrido alla donna accanto a lei. È giovane, con lunghi capelli biondi raccolti in una coda morbida e vivaci occhi azzurri. «Lei è la mia amica Marina Knight», dice Ivy indicando Marina con un gesto della mano. «Proprietaria dell'Autumn Harvest e mia futura cognata».

«Smettila, ti prego». Marina alza gli occhi al cielo. «Tuo fratello non si è ancora dichiarato».

«Lo farà, fidati». Ivy scoppia a ridere. «Marina, ti presento Bryn James. È l'assistente di Matt».

«Ooooh». Questa lunga esclamazione mi dà da pensare. «Mi hanno parlato tanto di te». Non so se essere impaurita o curiosa di sapere cosa le hanno detto.

«Piacere di conoscerti», ribatto mentre le stringo la mano. Seria e professionale, calma e composta, quando di solito queste situazioni stressanti tendono a tirare fuori la texana che è in me.

Ci ho messo più di un anno a perdere la pronuncia nasale e le vocali allungate, ma sono sicura che riprenderei subito il vizio, se non stessi attenta.

«Piacere mio», ribatte Marina con fin troppo entusiasmo. «Ivy non fa che parlare di te».

Davvero? Sono sbalordita. Immaginavo che avessero spettegolato su di me di tanto in tanto, ma questo è diverso. Perché mai Ivy dovrebbe parlare di me alle sue amiche? Mi sembra di brancolare nel buio, e non so se riuscirò a sopravvivere a questo pomeriggio.

Ci sediamo e Marina ci illustra il menu, ci spiega quali sono i piatti migliori e ci elenca le specialità del giorno. Appena decidiamo cosa prendere, chiama uno dei suoi dipendenti che segna le nostre ordinazioni – uno dei vantaggi dell'essere la proprietaria.

Tutti gli altri clienti devono fare la fila per ordinare direttamente al bancone.

«Allora, Ivy mi ha detto che vuoi svecchiare un po' il tuo look».

«Non ho mai detto una cosa del genere», dico a Marina, sgranando gli occhi verso Ivy. Lei mi rivolge uno sguardo innocente e angelico, ma vedo due corna da diavolo spuntare tra i suoi capelli.

«Dài, Bryn. Non vorrai dire di no a una donna incinta?». Ivy mi fa l'occhiolino: è la dolcezza fatta persona, e tutto il risentimento che mi suscita il fatto di essere trascinata in una cosa che assolutamente non volevo fare si placa un po'.

«Userai questa scusa fino all'ultimo, vero?», le chiede Marina alzando gli occhi al cielo.

Marina già mi piace.

«Per tutta la gravidanza, stanne certa», ammette Ivy con un sorriso. «Bryn, capisco che questa cosa ti mette a disagio, ma ti prego. Sono una donna incinta piena di ormoni impazziti e oggi mi va di divertirmi un po'. Il che significa che voglio trovarti un vestito magnifico e andare in una spa».

La sola parola "spa" mi aggroviglia lo stomaco. Anche le spa sono parecchio costose. E lo so perché non mi sono mai potuta permettere di andarci.

«La stai spaventando, Ivy», le dice Marina a bassa voce. «Non calcare troppo la mano. Forse dovresti solo dirle la verità».

La verità? Non promette niente di buono... Ma non è ancora il momento, a quanto pare. Ivy si limita a sorridermi, poi cambia argomento. Parliamo del più e del meno mentre aspettiamo che ci servano; Marina e Ivy chiacchierano, mentre io intervengo se interpellata. A parte questo, resto in silenzio e mi godo l'accogliente atmosfera di questo caffè alla moda.

Finalmente arriva il nostro pranzo e io mi ci avvento senza pensarci due volte. Sto morendo di fame e di solito mangio a casa, mi capita raramente di andare al ristorante, dato che non conosco praticamente nessuno. E visto che non so cucinare, i miei patetici pasti sono per lo più a base di cibi precotti da scaldare al microonde e insalate già pronte che compro all'alimentari sotto casa. Quando finisco, mi sento sempre vuota e inappagata.

Come nella vita.

Ho già divorato mezzo panino, quando mi accorgo che le altre non stanno mangiando. Alzo gli occhi dal piatto e vedo Ivy e Marina che mi fissano come fossi un'aliena appena atterrata sul pianeta Terra.

Mastico lentamente il boccone e lo mando giù, posando delicatamente il panino sul piatto. «Uhm, mi sono sporcata la faccia?».

Marina scuote la testa. «Ti capita di mangiare qualche volta? Perché sembra quasi che stessi morendo di fame…».

«Non mangio quasi mai fuori casa…», ammetto, sentendomi terribilmente stupida.

«Dalle una tregua e prendilo come un complimento. Evidentemente adora i tuoi panini», interviene Ivy con un sorriso gentile.

«Non volevo metterla in imbarazzo. È solo che... ci capita raramente di vedere una ragazza della nostra età divorare così un panino», spiega Marina.

Questo mi fa sentire ancora peggio. Mi sto ingozzando come un maiale. Ma di solito i miei pasti sono così merdosi, che non succede niente se per una volta mi concedo una zuppa e un panino.

«La gravidanza ti dà una libertà assoluta. Adoro mangiare senza dover pensare alle conseguenze», commenta Ivy addentando il suo panino per sottolineare il concetto.

«Tu non sei incinta, vero Bryn? Non è questa la tua scusa, giusto?», mi chiede Marina.

La sua domanda mi fa inorridire. Incinta? Che Dio me ne scampi. «Assolutamente no!», rispondo decisa.

Ivy scoppia a ridere premendosi una mano sul petto. «Grazie al cielo. Questo avrebbe fatto saltare tutti i nostri piani».

Ok. Ne ho abbastanza di tutti questi misteri. Mi sento come fossi il loro piccolo progetto personale, e non mi piace affatto. «Mi dite cosa sta succedendo qui?»

«Che vuoi dire?», mi chiede Ivy.

«Ho la sensazione che questo invito a pranzo sia solo una scusa». Odio essere così diffidente verso il prossimo, ma è più forte di me. Per tutta la vita ho avuto la sensazione che la gente volesse sempre qualcosa in cambio. Così ho alzato dei muri intorno a me e sono diventata super-sospettosa.

Non ho idea di cosa abbiano in mente e questo mi mette a disagio.

«Diglielo e basta, Ivy», mugugna Marina rendendomi ancora più nervosa.

Queste donne della Napa Valley sono strane. E io che pensavo che Hollywood fosse zeppa di gente assurda.

«E va bene». Ivy emette un sospiro d'irritazione. «Volevo che fosse una sorpresa, ma ti stiamo solo mettendo ansia. Vogliamo provare a farti mettere con Matt».

Spalanco la bocca. Aspetta. Cosa? «State parlando di Matt… Scusate, del *mio capo* Matt DeLuca?».

Ora è Ivy che alza gli occhi al cielo. «Conosci altri Matt, per caso?».

Be', andavo a scuola con un certo Matt Short, ma lui è ancora a Cactus, che manda avanti l'officina del padre, a quanto ne so. «Ma è il mio capo», ripeto, ripensando al mio ex principale. Quello con moglie e figli che allungava le mani e che mi ha rincorso così veloce intorno alla scrivania che probabilmente abbiamo lasciato un solco sul tappeto.

«E allora?». Ivy agita una mano per scacciare i miei dubbi. «Credo che si sia preso una bella cotta per te».

Mi rifiuto di lasciare che questa informazione accenda una scintilla di speranza nel mio petto. È fuori discussione. «Ne dubito. Sono la sua assistente». Quella che indossa abiti scialbi e si sforza di essere efficiente ma totalmente insignificante.

«E allora? L'attrazione è attrazione». Ivy scrolla le spalle dando un altro morso al panino.

Le guardo mangiare, Ivy e Marina sembrano entrambe imperturbabili, mentre io sono un fascio di nervi. Una cosa è avere una cotta per il mio capo e nascondere i miei sentimenti.

Un'altra è accettare che qualcuno si sia accorto che tra noi possa esserci qualcosa e pretenda davvero che io faccia il primo passo.

«Non sono il suo tipo», dico infine, incapace di uscire allo scoperto e rivelare cosa provo.

Mi vesto e mi comporto così per un motivo ben preciso. Non voglio attirare l'attenzione di Matt DeLuca. Non voglio che mi noti!

Ma in realtà non è così. Non c'è giorno che non debba resistere alla tentazione. Sarebbe così facile indossare una gonna corta e una maglietta scollata, entrare nel suo ufficio e inumidirmi le labbra prima di rivolgergli un sorriso ammiccante. Lasciare i capelli sciolti sulle spalle e camminare petto in fuori per attirare il suo sguardo sui miei seni, perché non posso negare che siano abbastanza gradevoli.

Ma non lo faccio mai. Non posso permettermi di cacciarmi nei guai.

«Io sono convinta che tu ti stia nascondendo dietro quell'aspetto esteriore. Guardati oggi, non ti ho mai visto così», dice Ivy con tono neutro.

Indosso una maglietta rossa e un paio di jeans, e ho raccolto i capelli in una coda alta. Non ho neanche un filo di trucco e questi pantaloni seguono le curve del mio corpo da più di un anno, quindi sono un po' cadenti. Di certo non mi valorizzano molto.

«Caspita, grazie», mormoro.

«Dico sul serio. Il modo in cui ti vesti e ti poni nei

confronti degli altri non sembra sincero. È come se ti stessi sforzando di nasconderti». Ivy mi scruta, il suo sguardo indagatore indugia sul mio volto, e io vorrei quasi scappar via dall'imbarazzo. «Hai uno splendido volto».

Oh, no. «Grazie», dico esitante.

Ivy socchiude gli occhi e dà un colpetto col gomito a Marina. «Davvero splendido. Assomigli tantissimo ad Angelina Jolie. Non trovi, Marina?»

«Ma per favore». Me l'hanno già detto altre volte. E di solito era un sedicente regista arrapato che sperava di infilarsi nelle mie mutande prima di assegnarmi una parte. Hollywood non mi manca per niente. «Non è affatto vero».

Ora è Marina a esaminarmi attentamente. «Sì, in realtà le assomigli parecchio».

Lo stomaco mi si chiude in un istante. Fisso il mio panino smangiucchiato, triste di non riuscire a mangiarne un altro boccone.

«Da dove vieni Bryn? Credo che tu non me l'abbia mai detto», mi chiede Ivy.

«Dal Sud della California». Scrollo le spalle, tenendomi sul vago.

«E prima di allora? Di dove sei?», insiste Marina. «Hai un accento particolare».

Merda. Pensavo di essere riuscita a sbarazzarmi una volta per tutte della mia pronuncia nasale. «E va bene. Sono nata e cresciuta in Texas», ammetto con un sospiro. «In una cittadina di cui sicuramente non avete mai sentito parlare».

«Adesso muoio dalla voglia di sapere qual è», dice Marina.

Sono venuta in California per dimenticare il passato e ricominciare da capo. Voglio un'altra occasione, essere una nuova Bryn. E non abbandonarmi ai ricordi al tavolo di un ristorante. «Cactus, Texas, tremiladuecento abitanti. Verso il confine settentrionale dello Stato».

Ivy sorride e le mie guance s'infiammano. «Sono una rozza texana». Una sempliciotta di provincia in una città piena di ricchi, dove tutto è splendido, florido e lussureggiante.

«Non sei una rozza texana. Sei adorabile». Ivy continua a sorridermi e prende il suo bicchiere di acqua ghiacciata per sorseggiarne un goccio con la cannuccia. «Finiamo di pranzare e andiamo a fare shopping prima che mi si gonfino le gambe».

«Andremo da Ross, vero?», chiedo poco convinta, perché so che a St Helena non c'è neanche un negozio Ross Dress for Less.

«Ovviamente no», ribatte Ivy decisa, e Marina annuisce con convinzione.

«Ci sono alcune boutique qui vicino dove sono convinta che troveremo quello che ci serve. Qualcosa che lasci Matt a bocca aperta», dice Marina.

«Perché volete che io e Matt ci mettiamo insieme?». Non dovrei neanche prendere in considerazione l'idea di avere una tresca con il mio capo. E non capisco perché queste due donne siano così determinate a fare in modo che Matt abbia una storia con la sua assistente – cioè con me. Non ha senso.

«Perché è single. Lo conosco da anni e giuro che per tutto questo tempo non l'ho mai visto due volte con la stessa donna», spiega Ivy. «Diciamo che è un "seduttore seriale". Ma ha bisogno di trovare una donna su cui possa contare».

Oh. Questa è una pessima notizia. Significa che le relazioni stabili lo spaventano a morte.

«Era un campione di baseball», dico con voce sarcastica, perché... *Ma dài.* «Volete farmi credere che non sia riuscito a trovare una donna?»

«No, certo che no. Solo che non è riuscito a trovare quella giusta», risponde Ivy.

«Ma dei tre lui è sicuramente il meno cinico», aggiunge Marina. «E questo gioca a tuo favore, Bryn. Non è scettico come lo erano Gage e Archer».

Il mio sguardo si sposta da una donna all'altra come se stessi assistendo a una partita di tennis. Non so cosa pensare, a chi credere. Tutta questa storia mi sembra una replica surreale della favola di Cenerentola.

E io non sono il tipo di persona che crede nelle favole.

«Scettico nei confronti di cosa?»

«Ma dell'amore, ovviamente».

Matt

«Sei davvero uno stronzo intrattabile, amico mio». Gage punta la sua bottiglia di birra verso di me, prima di berne un sorso, mentre Archer ridacchia e annuisce convinto.

Bastardi. Tutti e due. Stronzo intrattabile, *io*. Mi sto

spaccando la schiena per risollevare l'azienda vinicola ed evitare di diventare lo zimbello di tutta la Napa Valley. Mentre loro sono tutti felici e contenti, vivono con le loro donne, hanno carriere affermate. Cavolo, Archer si sposerà tra poco e sta per avere un figlio.

Io ho dovuto ricominciare tutto da capo. Ed è una vera rottura.

«Avete imbrogliato tutti e due», mugugno mentre stacco l'etichetta dalla mia bottiglia di birra, la riduco a brandelli e lascio un casino sul tavolo, ci penserà qualcun altro a pulire.

Non me ne frega niente.

Siamo in una delle sale del golf club e stiamo bevendo una birra dopo un'intensa partita in cui ho giocato da schifo. Voglio solo andare a casa.

O affogare i dispiaceri in un fiume di birra.

«Maledizione, no che non abbiamo imbrogliato, ti rode solo il culo. Ho giocato pulito e ho vinto. Non è colpa nostra se non hai più tempo per giocare a golf», ribatte Archer mentre mi fissa con occhi penetranti dall'altro lato del tavolo.

Non è forse vero? Non ho più tempo per fare niente. A parte lavorare nell'azienda vinicola. E mi chiedo sempre – fin dall'istante in cui l'ho rilevata – se sto facendo la cosa giusta. L'azienda comporta un sacco di responsabilità. Ho dei dipendenti fantastici, che mi aiutano a mandarla avanti, ma dannazione.

Ho bisogno di una pausa.

Pensavo che queste diciotto buche con i miei migliori amici mi avrebbero aiutato ad allentare la tensione.

Invece sembra che mi abbiano solo stressato di più. Ho passato più tempo a rispondere a telefonate e SMS che a lanciare la palla, e ho fatto incazzare tutti – compreso il tizio che non conoscevamo e che ha fatto squadra con uno di noi per giocare una partita.

Ora sediamo qui, nella sala semideserta – è sabato pomeriggio, quindi presumo che tutti gli uomini siano tornati a casa dalle loro mogli – a parlare del mio umore di merda.

Odio essere al centro dell'attenzione. So che i miei amici lo fanno per me, ma in questo momento non voglio ascoltarli.

«Sai qual è il tuo problema?», mi chiede Gage, interrompendo i miei pensieri.

A quanto pare non ho altra scelta che sentire cos'ha da dirmi. «Ti prego, illuminami», dico con voce strascicata, pronto a incassare i suoi insulti. Di solito è così che funziona tra noi. Siamo amici, ci prendiamo cura l'uno dell'altro, festeggiamo i successi, ci addoloriamo per le sconfitte, ma alla fine ci spaliamo sempre merda addosso, *sempre*.

Ormai è una certezza.

«Hai bisogno di farti una bella scopata». Gage punta l'indice verso di me. «E in fretta».

Cavolo. Ha centrato in pieno il problema. Non ricordo neanche l'ultima volta che ho scopato. Mi sono infortunato più di un anno fa durante un allenamento – per l'amor di Dio, *un allenamento* – e sono stato fuori combattimento per mesi. La mia carriera, come la mia mente, era andata in malora.

Non avevo tempo per le donne durante quel periodo oscuro della mia vita. Cazzo, ero ridotto uno schifo, non riuscivo ad accettare di aver perso la mia carriera, la vita che avevo vissuto fino ad allora, e anche una parte di me stesso. Il rapporto con mio padre era ancora più teso – non c'è da sorprendersi. Era così orgoglioso che avessi seguito i suoi passi e giocassi nella Major League. Era il suo unico vanto. Perso quello, ha anche perso interesse nei miei confronti.

Del tutto.

Quando ho ripreso un po' di forze, ho cominciato a fare fisioterapia per recuperare del tutto. Ero così concentrato che non m'importava nulla delle donne. E una volta guarito, mi sono messo a cercare un buon investimento, una nuova carriera, un nuovo obiettivo e questo alla fine ha assorbito tutte le mie energie, quindi adesso...

Eccomi qui. Intrattabile e... sì, con un disperato bisogno di sesso.

Qual è il problema? Che solo una donna è riuscita ad attirare la mia attenzione e ancora non riesco a capire perché. Né a capire lei. Bryn è un mistero.

Un mistero da svelare.

Cristo. Il solo pensiero mi fa sudare freddo.

«Hai ragione», ammetto infine, perché devo farci i conti. «Non scopo da mesi». Troppi mesi per farvi cenno, è un numero imbarazzante.

«Lo sapevo», dice Gage con un ghigno. «Devi uscire un po' più spesso. Frequentare qualche bar, o roba del genere».

Scuoto la testa con una smorfia. È un'immagine che mi fa venire i brividi anche solo a pensarci. «I bar non fanno per me. Non ho tempo per questo genere di cose».

«Saresti circondato da uno stuolo di donne», dice Archer inarcando le sopracciglia. «Ho sentito le voci che circolano in città. Tutte le donne single sotto i cinquanta hanno fatto i salti di gioia appena si è saputo che l'ex star del baseball Matthew DeLuca si sarebbe trasferito qui. Vogliono tutte provarci con te».

«Sei lo scapolo più ambito di tutta la contea», aggiunge Gage.

Porca merda. Questi due hanno passato troppo tempo con le loro donne. «Sembrate due galline pettegole. State scherzando? Avete davvero detto che sono "lo scapolo più ambito"?». Esito. «E che tutte le donne single sotto i *cinquanta* sono interessate a me? Ma che cavolo vi passa per la testa?»

«Ehi, ci sono un sacco di donne che non badano alla differenza di età. Cercano un uomo, non gli interessa quanti anni abbia», ribatte Archer, l'accenno di un sorriso gli incurva le labbra.

Quel sorrisetto che mi fa venire voglia di prenderlo a pugni in faccia. «E tu come lo sai?». Rabbia e imbarazzo si scontrano in me. Non bastava che l'intera comunità stesse aspettando col fiato sospeso che la mia azienda fallisse. Adesso dovrei anche fare i conti con un'orda di single che non vedono l'ora di mettere le grinfie su di me?

Scommetto che non riuscirò a guadagnarmi alcun rispetto in questa città. Nessuno. Zero.

«L'ho sentito dire. Ormai vivo nella Napa Valley da un po'. Ho diversi agganci. E anche Ivy ha conosciuto parecchia gente, grazie al suo lavoro. Siamo sul pezzo, e si parla molto di te», spiega Archer.

«Marina vive qui da una vita. Ne ha sentite parecchie, negli ultimi tempi. Ne girano di voci, nella sua piccola caffetteria», aggiunge Gage. «Non fanno che chiacchierare della cantina, di te. Sono tutti curiosi».

Santo Dio. Questo è… terribile. Non voglio essere lo zimbello di tutta la regione del vino. Volevo ricominciare da capo. Diventare una nuova persona. Non essere conosciuto come il campione di baseball figlio dell'ex campione di baseball – e testa calda – Vinnie DeLuca. Papà giocava nell'Oakland Athletics anni fa, quando ero bambino, e si guadagnò la sua fama di attaccabrighe fin dall'inizio.

Molti nel mondo del baseball si aspettavano che avrei seguito i suoi passi. Dimostrai di avere talento prima di lui. Ero uno stronzo arrogante alle superiori, perché sapevo di essere dannatamente bravo. Ma non ero uno di quegli stronzi patentati che si cacciano sempre in una rissa. Quello era più lo stile di mio padre.

Non ho mai voluto essere così, come lui.

Mai.

«Quindi parlano tutti di me e della mia vita sentimentale», dico a denti stretti.

«Be', sì, e anche noi, perché siamo preoccupati, amico. Lavori troppo. Devi rilassarti un po' e cominciare a vivere. Ti fai assorbire troppo dal lavoro», dice Archer.

Scruto il suo volto, noto la preoccupazione nei suoi

occhi. Sì, è vero, ci spaliamo sempre merda addosso, ma è sincero. È preoccupato per la mia salute, e lo apprezzo.

«Appena ci sarà la festa d'inaugurazione mi darò una calmata», prometto, e mi sembra quasi di fare una specie di giuramento solenne. «Avete ragione. Non posso continuare a lavorare con questi ritmi; mi porteranno nella tomba nel giro di pochi anni».

«Cavolo, puoi scommetterci. Devi trovare un equilibrio», commenta il secondo peggiore stacanovista che conosco, Gage.

Equilibrio. Davvero non ho idea di cosa sia, né come raggiungerlo.

«E devi farti una bella scopata», aggiunge Archer ridacchiando. «Ti troveremo una donna. Sono sicuro che Ivy abbia qualche amica single».

«E anche Marina. Lei conosce tutti», dice Gage.

Adesso vogliono anche combinarmi un appuntamento. Fantastico. «Posso trovarmi una donna da solo, grazie mille».

«Davvero? Perché per ora hai fatto un lavoro di merda». Gage e Archer scoppiano a ridere all'unisono.

«Come se avessi tempo», mugugno. Poi ho un'illuminazione, e decido di partire al contrattacco. «E poi, magari sto aspettando di vedere i miei soldi».

«I tuoi soldi?», chiedono in coro, quasi si fossero messi d'accordo.

E io vorrei dare un cazzotto in testa a tutti e due.

«Sì, quella piccola scommessa che abbiamo fatto qualche mese fa. È arrivato il momento di incassare», gli ricordo con voce compiaciuta. «Quindi pagate».

«Noi non ti dobbiamo un cazzo», brontola Archer.

«Vediamo, chi è rimasto ancora single? Uhm... Voglio il mio milione di dollari». Potrei reinvestirli nell'azienda. Sì, e poi probabilmente dividerei parte dei profitti con questi due bastardi. Sono onesto a tal punto. Soprattutto con i miei amici.

«Da me non vedrai un centesimo, scordatelo. Era una scommessa del cazzo», protesta Gage.

«Dici che era del cazzo solo perché hai perso». Mi scolo la mia birra e poso la bottiglia vuota sul tavolo con un colpo secco. «Mi aspetto che mi paghiate entro sette giorni».

«Oh, ma sentilo, com'è formale e pomposo. Perché non ci divertiamo un altro po'?». Archer si abbandona contro lo schienale, con uno strano scintillio negli occhi.

La curiosità s'insinua nel mio cervello, mi fa ribollire il sangue. «Ti ascolto. Di cosa stai parlando?».

«Dacci sessanta giorni. Se in questo periodo resterai ancora single, ti pagheremo tutto», dice Archer.

«Ma...», protesta Gage, Archer però lo mette a tacere con un'occhiataccia.

«Sessanta giorni? Che ne dici di trenta?», rido. «Non starò con nessuna donna in questi trenta giorni, tantomeno in una relazione stabile».

«Trenta? È troppo poco. È impossibile che tu ti metta con qualcuno in trenta giorni», dice Archer. «Facciamo quarantacinque».

«Quarantacinque?», chiede Gage terrorizzato. «È ancora troppo poco. Facciamo novanta, è più ragionevole».

«Chi ha mai detto che questa scommessa fosse ragionevole?», ribatto sereno. Gage è davvero un tirchio maledetto. «Quarantacinque giorni, o pagate adesso. A voi la scelta». Sono sicuro che non mi metterò con nessuno in questo lasso di tempo. Datemi tregua.

«Voglio aggiungere una clausola», sogghigna Archer. «Niente sesso. Quindi niente tresche, niente sesso, né avventure di una notte. Niente di niente, Matt, per i prossimi quarantacinque giorni. Resisti e avrai il tuo milione di dollari… più altri duecentocinquanta per renderla ancora più allettante».

«Non esiste», commenta Gage.

«Sì, invece, cialtrone. Lo faremo e basta», dice Archer senza neanche dargli la possibilità di ribattere.

«Va bene. Affare fatto», accetto risoluto. Ho fatto a meno del sesso per tutto questo tempo, che saranno mai altri quarantacinque giorni? Posso farcela.

«Dio, mi deludi. Sei così sicuro di te. Pensavo che avresti voluto fare almeno un po' di sesso occasionale…». Gage scuote la testa, ma io lo ignoro.

«Ho detto che accetto», insisto. «Sono sicuro che due perdenti come voi abbiano bisogno di un po' di tempo per raccogliere la cifra che mi dovete, quindi ci sto. So essere molto paziente. Nessun problema. Ma tra quarantacinque giorni, voglio i miei soldi. Niente scuse, né stronzate. Seicentoventicinquemila dollari a testa».

«Allora affare fatto», taglia corto Archer con un sorrisetto subdolo stampato in faccia. Lo stronzo ha qualcosa in mente, ci scommetto.

E non mi piace affatto.

«E sia. Ci sto», acconsente Gage molto più riluttante. Odia sperperare, più di ogni altra cosa al mondo, e sono sicuro che veda in questa scommessa un enorme spreco di soldi.

«Ad ogni modo, so che Ivy ha portato la tua assistente a pranzo fuori e a fare un po' di shopping, oggi», dice Archer disinvolto. Troppo disinvolto.

«Davvero?», chiedo incuriosito. Avevo capito che a Ivy stesse simpatica Bryn, e che per Bryn fosse lo stesso. Ma non mi ero accorto che avessero legato tanto.

«Già». Archer annuisce. «Ho sentito parlare di un cambio di stile, o roba del genere».

«Anche Marina è con loro», conferma Gage.

Merda. Adesso sì che sudo freddo. Non bastava che mi sentissi attratto da Bryn nonostante il suo abbigliamento scialbo e l'aspetto banale. E tutto per il suo maledetto profumo. Dolce, fruttato, con un leggero sentore di spezie che non saprei descrivere.

«Sì, Ivy mi ha mandato una foto, in realtà. Non riuscivo a capire perché, visto che ho occhi solo per lei, lo sapete». Archer scrolla le spalle e prende il suo cellulare. «Poi mi ha scritto che dovevo farla vedere a te».

Mi passa il telefono, e appena guardo lo schermo mi si secca la gola. È una foto di Bryn, con quel suo sorriso appena accennato, seduta sulla poltrona di un parrucchiere: i capelli castano scuro le incorniciano il volto e le ricadono seducenti sulle spalle.

«Che te ne pare?», mi chiede Archer prima di scoppiare a ridere.

Merda. Sono davvero nei guai.

Capitolo 3

Matt

È lunedì mattina e sono arrivato in ufficio all'alba, per poter camminare tra i campi e controllare i vigneti da solo, prima dell'arrivo degli altri: è il mio nuovo passatempo preferito. Non sono il genere di persona che ama sedere dietro una scrivania o timbrare il cartellino. Il lavoro d'ufficio non esercita alcun fascino su di me. Quando ho comprato l'azienda, non ne sapevo un cazzo di vino, ogni tanto ne bevevo un bicchiere, ma di certo non ero un intenditore. Ero più il tipo "Berrò un po' di vino se proprio non c'è nient'altro".

Sì, preferivo la birra.

Ora, però, ho imparato che dietro questa produzione c'è tutta una scienza. È una combinazione di fattori, in cui un po' di fortuna non guasta. I grappoli devono essere di un certo tipo. E anche le condizioni atmosferiche, che ne devono favorire la crescita.

Interviene un gran numero di fattori. Su alcuni di essi abbiamo un totale controllo, ma su altri…

Siamo in balia dei loro capricci, e questo manda fuori di testa gli agronomi.

Stamattina sto passando più tempo del solito nei campi. Ed è tutta colpa di quella donna. Evito di tornare in ufficio perché Bryn arriverà presto, e non voglio vederla. La foto che mi ha mostrato Archer ha perseguitato i miei pensieri per tutto il giorno. Per tutto il weekend, in realtà, dannazione. Quei capelli... Riuscivo solo a pensare come sarebbe stato accarezzarli. Stringere con una mano quelle lunghe ciocche setose e dargli un leggero strattone. Attirarla a me per poterla baciare. Affondare il volto nel suo collo e respirare il suo delizioso profumo.

Nella foto aveva una maglietta rossa, quel misterioso sorriso a labbra strette e un po' di trucco in volto. Me ne sono accorto perché per la prima volta in assoluto ho notato i suoi occhi. Sono di un azzurro intenso, come un limpido cielo d'estate.

Inutile dire che, dopo aver pensato a Bryn un po' troppo a lungo, ho dovuto farmi una doccia e una sega. Questa nuova clausola alla scommessa con Archer e Gage mi ucciderà. Non sono neanche potuto uscire per rimorchiare una ragazza qualsiasi con cui scopare. Potrei mentire, immagino. Tenerlo per me.

Ma non mi sentirei a posto con la coscienza, e poi loro se ne accorgerebbero. Ci riescono sempre. Non mi piacciono i bugiardi. Mio padre è un bugiardo patentato. E visto che le sue menzogne lo hanno sempre cacciato in un mare di guai, ho deciso di "seguire la retta via". Sono sincero, quasi brutale. Sempre.

E Archer lo sa, quel figlio di puttana. Sembra quasi che abbia architettato tutto. Sapeva che avevo un debole per Bryn e sapeva che mi avrebbe tentato. Sempre un passo avanti, quello lì.

I contadini che lavorano per me arrivano alla snocciolata, e il mio cellulare comincia a essere sommerso di email, SMS e telefonate. La giornata di lavoro è ufficialmente cominciata, così decido di farla finita e mi avvio riluttante verso l'ufficio. So che Bryn è già lì, vedo la sua macchina nel parcheggio. Mentre attraverso i vigneti, rimugino sui diversi scenari che mi si potrebbero presentare quando entrerò nell'edificio:

Bryn con i capelli sciolti, una gonna sexy e una camicetta che lascia intravedere la scollatura.

Oppure Bryn con il suo solito chignon e uno di quei larghi completi beige cui ormai mi sono assuefatto.

O peggio ancora, una combinazione dei due stili: capelli sciolti, completo beige, splendidi occhi esaltati dal trucco, tutto destinato a farmi impazzire di desiderio. Questa Bryn potrebbe farmi capitolare – le basterebbe mettere in mostra anche il più piccolo particolare, e la vorrei ancora di più.

Evidentemente ho troppo tempo a disposizione, se mi lascio distrarre da questi ridicoli pensieri. Devo concentrarmi su un obiettivo ben più importante e imminente. Oggi è lunedì e la grande inaugurazione è venerdì. È incredibile quante cose ancora ci sono da fare per organizzare questo evento.

E Bryn sta gestendo praticamente tutto – consultandosi con me, ovviamente.

Dannazione.

Entro nell'edificio, l'aria fresca mi accoglie. C'è un silenzio di tomba, e cammino lungo il corridoio verso l'ufficio, l'ansia mi aggroviglia lo stomaco mentre arrotolo prima una, poi l'altra manica della mia camicia blu. Indosso un paio di jeans e gli stivaletti da lavoro, grato per l'atmosfera rilassata che si respira qui dentro. Ogni volta che sono costretto a mettere un abito elegante, mi sento ridicolo, a disagio.

Non mi appartiene.

Entro nell'anticamera che ospita la scrivania di Bryn e mi fermo di scatto, con gli occhi spalancati davanti alla visione che mi si presenta. È Bryn, china davanti all'archivio alle spalle della sua scrivania, e il suo splendido culo ondeggia davanti ai miei occhi mentre fruga tra le cartelline.

Il fatto che riesca finalmente a vedere che forma ha il suo culo mi fa capire che indossa qualcosa di completamente diverso dal solito. Secondo indizio: non c'è traccia di beige, marrone o cachi, in vista.

Il vestito è nero, con una delicata stampa floreale dalle sfumature verdi e turchesi. La gonna svasata le arriva subito sopra il ginocchio, il che significa che se si piegasse un altro po' le potrei vedere gli slip.

La sola parola "slip" fa formicolare tutto il mio corpo. Quelle lunghe gambe nude mi fanno attorcigliare le budella e il suo profumo mi travolge, così dolce e unico che ho paura di fare una follia.

Come strisciare dietro di lei, cingerle la vita con le mani e tirarla a me. Per farle sentire che effetto mi fa.

Decido di non coglierla di sorpresa, così mi schiarisco la gola, per farle capire che sono arrivato. Un piccolo gemito le sfugge dalle labbra e scatta sull'attenti, chiudendo il cassetto con uno schianto mentre si volta verso di me sui suoi décolleté neri col tacco che alimentano all'istante ogni mia fantasia.

«Matt! Ehm, Mr DeLuca, buongiorno». Si passa una mano sul vestito, imbarazzata, i suoi movimenti tradiscono l'agitazione.

Quel vestito le sta d'incanto. Riesco a vedere la forma dei suoi seni pieni, la vita sottile, i fianchi torniti. Le sue braccia sono completamente scoperte, esili e aggraziate e ne solleva uno per ravviarsi i capelli con un gesto nervoso.

Sembra che li abbia appena legati, ma non come al solito. Ha una treccia lenta, e un paio di ciocche le circondano il volto, mettendo in risalto la linea esotica dei suoi zigomi, che noto solo ora.

Santo Dio, la mia assistente è fottutamente sexy.

«'Giorno», rispondo schiarendomi la voce, ma la mia voce sembra un gracidio strozzato. «La trovo... ehm... molto bene».

Lei si precipita dietro la scrivania e piomba sulla sua sedia accostandola al tavolo, quasi lo stesse usando come uno scudo. Troppo tardi, ormai l'ho vista e apprezzata in pieno. «Grazie».

Non so cos'altro dire. Un turbine di domande mi ronza per la testa. tipo: *Cos'è successo? Perché sei andata a fare shopping con Ivy e Marina? Perché hai deciso di abbandonare il beige? È una cosa temporanea o definitiva? Perché non credo che il mio cuore reggerà a lungo, se ti presenterai così ogni singolo giorno.*

Invece decido di mantenere un basso profilo. È più semplice. Meno rischioso.

«Ha passato un buon weekend?». Mi avvicino lentamente alla sua scrivania, le sue mani tremano leggermente mentre prende una pila di documenti, la solleva e la ripone da una parte.

Interessante.

«Sì, grazie. E lei?». Prende una penna e la picchietta contro le labbra contratte. Labbra disegnate da un velo di lucidalabbra color pesca, aggiungerei.

È andato alla grande. Ho giocato a golf con i miei migliori amici, abbiamo fatto una scommessa per cui non potrò toccare una donna – te compresa – per quarantacinque giorni e poi ho visto la tua foto con il tuo nuovo look. Mi sono fatto due seghe, non che la tua foto con quella pettinatura arrapante c'entri qualcosa. No, affatto. Poi sono venuto in ufficio e ti ho visto così, e riesco a pensare solo a quanto vorrei metterti le mani addosso. Ovunque.

«È andato bene», rispondo, fermandomi proprio davanti alla sua scrivania. Bryn alza lo sguardo su di me e i miei occhi scivolano sul profilo del suo collo, sulle sue clavicole scoperte. Indossa una raffinata collanina d'oro con un piccolo pendente. Non so dire cosa rappresenti.

So solo che muoio dalla voglia di baciarla lì, dove la sua pelle sembra così liscia, dolce, profumata. Percorrere la linea sottile e seducente della sua collanina, baciarle il collo, la nuca, le clavicole. Leccarla e mordicchiarla fino a farla ansimare.

«Vuole che faccia qualcosa in particolare, stamattina?».

La sua voce dolce, sensuale e leggermente tremante mi scuote dai miei pensieri e li rende ancora più indecenti, se possibile.

Be' sì, Miss James. Vorrei che appoggiasse il suo splendido culetto sul bordo della scrivania, sollevasse la gonna e spalancasse le cosce per farmi vedere cosa nasconde lì sotto. E magari potrebbe leccarsi quelle labbra color pesca e dirmi qualcosa di sconcio tipo: «Vorrei che lei *facesse una cosa per me, Mr DeLuca. Che ne dice di… farsi me?».*

Sbatto le palpebre. Due volte. Provo a scacciare dalla mente l'immagine di Bryn che mi invita a scoparla, ma invano. Non vedo altro che lei. Le sue mani che si stringono alla scrivania, le sue gambe spalancate che pendono, la gonna del suo vestito arrotolata intorno alla vita. Riesco persino a immaginare che indossi un paio di striminzite mutandine di pizzo nero, mutandine che lasciano intravedere cosa c'è sotto.

Lavora per te, cazzo! Smettila di pensare con l'uccello!

Dannazione, gli ispettori del lavoro ci andrebbero a nozze con me. Sono un pervertito di prima categoria.

«Mi lasci fare qualche telefonata e controllare le email. Sono sicuro che avrò parecchio bisogno di lei oggi, come al solito. Questa settimana sarà molto impegnativa», rispondo con voce brusca mentre mi allontano dalla sua scrivania e mi dirigo verso la porta del mio ufficio. «Probabilmente dovrà lavorare fino a tardi per tutta la settimana, solo per avvertirla».

Quest'affermazione non fa che alimentare le mie fantasie, che mi affretto a scacciare per evitare che intasino completamente il mio cervello e mi distraggano di nuovo.

«Non importa», esclama. «Ho tutta una lista di impegni cui stare dietro. Sto per chiamare il catering, perché ci sono ancora un paio di questioni irrisolte, tra cui il numero definitivo dei partecipanti alla festa di venerdì. La raggiungerò tra un istante per riesaminare tutto».

«Molto bene», commento mentre apro la porta dell'ufficio e la chiudo dietro di me con uno schianto.

Mi abbandono sulla poltrona con il respiro affannato, come se avessi appena fatto il giro delle basi correndo a perdifiato. Appoggio la testa contro lo schienale sbuffando, e fisso il soffitto. Lo splendido volto di Bryn, quelle lucide labbra sexy sono ancora impressi nella mia mente.

Santo Dio. È fantastica, da perdere la testa. Se a questo si aggiunge il suo profumo inebriante, il suo giudizioso senso del dovere, quel corpo formoso, la sua affidabilità e quelle dannate scarpe nere che mi fanno venire le palpitazioni, sono un uomo morto.

Altri quarantatré giorni e non potrò neanche toccare una donna, o rischierei di perdere più di un milione di dollari. Non che abbia bisogno di soldi, ma è una questione principio. Ho vinto la prima scommessa in modo onesto e leale. Ora i miei cosiddetti amici hanno cambiato le carte in tavola e mi hanno cacciato in un ginepraio.

Ma è tutta colpa mia. Sono stato io il primo ad accettare.

La cosa peggiore? Che muoio dalla voglia di toccare

una donna. Be', una in particolare, in realtà. A pochi metri da me. E ci dà il caso che sia la stessa donna che lavora per me.

E non posso biasimare che me stesso.

Bryn

Matt sbatte la porta dell'ufficio alle sue spalle con una risolutezza che mi fa sussultare. Il mio cuore batte all'impazzata e mi stringo una mano al petto, lo sento vibrare contro il mio palmo come le ali frenetiche di un colibrì. Non mi aspettavo che arrivasse in quel preciso momento… mentre avevo il culo per aria. Avevo appena ricevuto un sollecito di pagamento per una fattura che ero sicura di aver pagato, e la stavo cercando nell'archivio.

Che vergogna, farmi sorprendere così. *Dio.*

Ho trovato la ricevuta di pagamento, e ho cominciato a frugare tra i documenti in cerca di qualcos'altro, non ricordo neanche cosa, quando l'ho sentito schiarirsi la voce. Dio, mi ha spaventato. Per poco non sono sprofondata sottoterra, quando me lo sono ritrovato lì, in tutto il suo splendore. Anche più del solito, a essere sinceri.

Non era così che volevo fare colpo su di lui. No, pensavo che sarei stata seduta dietro la scrivania quando l'avessi incontrato stamattina. Calma, fredda, efficiente, l'avrei salutato con un luminoso "Buongiorno" e un altrettanto luminoso sorriso. E lui mi avrebbe fissato con uno sguardo sbigottito.

Be', che fosse sbigottito non c'erano dubbi. Ma ho notato che i suoi occhi hanno indugiato per un istante sul mio sedere, quando mi sono alzata in fretta per incontrare il suo sguardo. Non ha commentato il mio nuovo look, se non con un anonimo "La trovo molto bene".

Molto bene.

Che complimento è? Poi mi ha chiesto se il weekend era andato *bene* – di nuovo – come se niente fosse cambiato, come se niente fosse. Di certo non volevo che si trasformasse in un idiota con la bava alla bocca, come quel viscido del mio vecchio capo. Ma almeno speravo che il vestito, i capelli, il trucco e le scarpe gli avrebbero fatto qualche effetto.

Dio, le scarpe. Mi torturano i piedi e non le indosso neanche da un'ora.

Mi aspettavo almeno un "È molto carina", o qualcosa del genere. Niente di tutto ciò.

È stato tutto come sempre. Di nuovo al lavoro. "Avrò parecchio bisogno di lei, questa settimana sarà molto impegnativa, probabilmente dovrà lavorare fino a tardi, Miss James", bla, bla, bla. Il solito Matt.

Dovrei essere contenta, non delusa. Dovrei essere sollevata, apprezzare il fatto che non mi abbia guardato con occhi lascivi e non mi abbia detto quanto fossi sexy e se poteva infilarmi una mano sotto la gonna, niente del genere. Il mio ex capo mi parlava così tutto il tempo. Una volta mi chiese persino se poteva toccarmi le "poppe". Come odio questa parola. Lavoravo per lui come receptionist da due settimane, quando me lo chiese.

Ero così sorpresa che gli risposi educatamente: «Non credo».

Non credo. Ero così ingenua e sbalordita, ho persino ridacchiato quando l'ha detto, cosa che probabilmente gli ha dato un'impressione sbagliata.

Probabilmente gli ha dato un'impressione sbagliata anche il fatto che gli abbia permesso di baciarmi e toccarmi le cosiddette "poppe" due mesi dopo che me l'aveva chiesto.

Mi strofino la fronte con un sospiro e mi passo una mano tra i capelli. Avevo deciso di tenerli sciolti, ma all'ultimo minuto non ce l'ho fatta. Il vestito, il trucco e le scarpe bastavano e avanzavano. I capelli sciolti – la mia splendida chioma, come la chiamava sempre mia nonna – avrebbero reso ancora più evidente che la scialba e anonima Miss James non è che una finzione. Vestita così sono molto più simile alla vecchia Bryn, sensuale e troppo carina per non finire nei guai.

Ma fare shopping con Ivy e Marina è stato uno spasso. Quelle due mi hanno trascinato per negozi per tutto il pomeriggio, fino a sera. E la cara Ivy – che con il suo pancione avrebbe dovuto essere esausta – era la più veloce di noi. Mi ha fatto provare così tanti vestiti che sono rimasta intrappolata in un camerino dopo l'altro, per tutto il centro di St Helena.

Ho dato fondo alla carta di credito e comprato qualche nuovo capo da mettere in ufficio, tra cui questo vestito. Poi mi hanno portato dal parrucchiere, per una spuntatina. Neanche ricordo quand'è stata l'ultima volta che l'ho fatto, ed è stato fantastico, perché i miei capelli sono molto folti e avevano bisogno di essere un po' alleggeriti da mani esperte.

Quando mi hanno offerto una prova trucco gratis, mi sono detta: "Perché no? Che male c'è?". Non che non sapessi come fare. Ho una scatola piena di trucchi a casa, infilata sotto il lavandino. Da che sono arrivata a St Helena non l'ho mai tirata fuori. Ero una persona nuova e questa nuova Bryn James non si truccava.

Il truccatore era molto bravo e Ivy e Marina erano al settimo cielo quando ha finito. Nuovo taglio di capelli, nuova faccia, non la smettevano mai di dirmi quanto fossi favolosa.

O quanto mi avrebbe trovato favolosa Matt.

Queste parole mi hanno quasi infastidito. Non lo facevo solo per attirare l'attenzione di Matt. Ma anche per me. Per legare con queste due donne, perché mi è sembrato potessero diventare delle vere amiche. Ho mai avuto amici? Quando ero piccola sì, un sacco. Correvo e giocavo con un gruppo di bambini che vivevano nel parcheggio per roulotte come me. Ma quando sono cresciuta e il mio corpo è cambiato, è diventato formoso, i ragazzi hanno cominciato a guardarmi in modo diverso. E le ragazze non mi trovavano più così simpatica.

Nel tentativo di scacciare questi pensieri spiacevoli, la mia mente torna all'ultimo negozio in cui siamo entrate prima di andare a cena. Stavano per chiudere, e i commessi erano irritati quando ci hanno visto. Ivy aveva adocchiato in vetrina un vestito che secondo lei sarebbe stato perfetto per la grande inaugurazione e l'ho assecondata, riluttante.

Nell'istante stesso in cui mi sono infilata quell'abito magenta, ho capito che Ivy aveva ragione. Mi accarezzava la pelle come seta, con spalline sottili che mettevano a nudo le mie spalle, e mi lasciavano la schiena quasi completamente scoperta. Un profondo scollo a V si apriva sulla mia scollatura e la gonna leggermente aderente mi fasciava i fianchi e le cosce fino al ginocchio. Era sofisticato, incantevole, sexy. Quando mi hanno visto uscire dal camerino, Marina e Ivy erano così emozionate che per poco non si sono messe a piangere. Mi sono voltata da una parte e dall'altra, e sono scoppiata a ridere con loro appena ho provato a immaginare come avrebbe reagito Matt quando mi avesse visto così.

Poi sono sgattaiolata di nuovo nel camerino, ho dato un'occhiata al cartellino e sono rimasta a bocca aperta.

Costava quasi quanto un mese di paga.

Così mi sono sfilata il vestito, avvilita, l'ho appeso alla stampella e l'ho lasciato nel camerino, uscendo, ho mormorato alle ragazze che avevo cambiato idea e che non l'avrei più preso. Marina mi ha seguito fuori dal negozio sconvolta, e ha provato a convincermi che sarei dovuta subito rientrare per comprarlo.

Ero così turbata che non mi sono neanche accorta di cosa stesse facendo Ivy.

Ivy ci ha raggiunto pochi minuti dopo, con un'espressione seria in volto e una busta in mano. Me l'ha lanciata, con la mandibola contratta e le labbra serrate.

«Non ti azzardare a dire di no. Consideralo come un regalo. Per tutti i compleanni e i Natali che verranno», ha detto.

Stavo quasi per mettermi a piangere, quando ho accettato il pacchetto, ma sono riuscita a tenere duro. La sua gentilezza mi ha sorpreso, soprattutto perché la conoscevo appena. Persino mia madre mi ha degnato a malapena di uno sguardo in tutta la mia vita, perché era troppo impegnata a vivere la sua. Non la vedo da quando ho finito le superiori e si è presentata solo per la cerimonia di consegna del diploma, poi è scappata di nuovo via con il suo fidanzato. E mia nonna ha sempre preferito darmi addosso, piuttosto che farmi regali.

È stata la cosa più carina che abbiano mai fatto per me, a parte quando Matt ci ha pagato gli arretrati.

Ora il vestito è pronto per essere indossato, nel mio armadio semivuoto. Non sto nella pelle. Muoio dalla voglia di metterlo e vedere come reagirà Matt quando mi darà un'occhiata.

Probabilmente niente. Probabilmente mi dirà: "La trovo molto bene, Miss James", e se ne andrà.

I pugni mi si serrano di loro spontanea volontà, e li sbatto sulla scrivania facendo sobbalzare tutto quello che c'è sopra. *No*. Mi rifiuto di accettare l'indifferenza di Matt. So che è il mio capo. So che non dovrei fare una cosa del genere. È rischiosa, stupida, e potrebbe farmi perdere il lavoro, o per lo meno comprometterlo per sempre.

Ma lo voglio. Al diavolo le conseguenze. Voglio Matthew DeLuca.

E comincio a pensare che farò qualsiasi cosa per averlo.

Capitolo 4

Bryn

«Lei lavora troppo».

Matt alza lo sguardo, i suoi occhi scuri incontrano i miei. Ha gli occhi cerchiati, e la sua bocca seducente è un po' imbronciata. I capelli castano scuro sono scompigliati e terribilmente sexy e ha le maniche della camicia tirate su fin sopra il gomito, come se le avesse arrotolate con impazienza.

E probabilmente è così, conoscendolo.

Negli ultimi due giorni ha lavorato ininterrottamente, per preparare l'inaugurazione. Visto che è già mercoledì, e abbiamo solo due giorni per sistemare le ultime cose, sono rimasta al suo fianco per aiutarlo ogni volta che ho potuto.

È meraviglioso nonostante la stanca frustrazione che indugia sul suo volto, e capisco in questo preciso istante che vorrei solo possederlo. Intrufolarmi tra la sua poltrona e la scrivania, sedermi sul bordo e tirarlo a me per la cravatta. Baciarlo finché non scordasse del tutto l'azienda vinicola, la grande riapertura, il party e tutto il resto.

Finché non concentrasse la sua attenzione solo su di

me, la donna più che disponibile con la lingua nella sua bocca, una mano tra i capelli e l'altra mano aggrappata alla sua cravatta per impedirgli di tirarsi indietro. E lui non vorrebbe tirarsi indietro. Mi bacerebbe con passione, mi afferrerebbe per la vita, mi solleverebbe la gonna e...

Sì. Voglio baciare via tutte le sue preoccupazioni. E lui probabilmente penserebbe che sono impazzita, se ci provassi.

«Non ho altra scelta», dice con un sorriso triste che non sembra sincero. No, sembra solo esausto, come ogni altra sua espressione. «Sto cercando di assicurarmi che vada tutto per il verso giusto, capisce? Restano solo pochi giorni e siamo arrivati al dunque».

Questa è una delle sue espressioni preferite: "al dunque". Non fa che ripeterla da lunedì, quando abbiamo fatto una riunione con il personale e fondamentalmente ha detto a tutti che dovevamo muovere il culo e tirare a lucido questo posto.

Negli ultimi due giorni ho lavorato fino alle sei e stasera sono quasi le sette. Muoio di fame, ma sto cercando di ignorare i crampi allo stomaco. Rimpiango anche i miei vecchi e scialbi completi, perché ehi, se ti vesti senza badarci, ti vesti comodo.

Oggi indosso una gonna nera a tubino con cui faccio fatica a camminare e una deliziosa camicetta bianca che fa sembrare enormi le mie tette, non che il capo se ne sia accorto. Oh, e ho anche quelle maledette scarpe che ho messo tutti i giorni e a cui mi sono in qualche modo abituata – più o meno.

I miei piedi urlano di gioia ogni sera, appena me le sfilo, e potrò anche avere i cerotti sui talloni, ma riesco a camminarci. Lo sguardo di apprezzamento di Matt ogni volta che i suoi occhi scivolano anche solo per un istante sui miei piedi mi ripaga di ogni sofferenza.

Nonostante negli ultimi tre giorni abbia sfoggiato tutto il nuovo guardaroba, sembra che lui mi abbia appena notato. So che Matt è distratto, il suo cervello è totalmente concentrato sulla festa di riapertura. È così importante per lui, vuole che la cantina abbia successo e dimostrare a se stesso di saper fare altro oltre che giocare a baseball. Credo che abbia paura che nessuno lo prenda sul serio, e lo capisco.

Ma muoio dalla voglia che si accorga di me. Che si accorga *davvero* di me. Ho fatto tutto ciò che potevo per farmi notare da lui, ma mi sembra quasi di essere trasparente.

È alquanto frustrante.

E vorrei anche che gli piacessi non solo per il mio aspetto. So che apprezza il mio lavoro e ammira "il fatto che gestisca tutto in modo così efficiente"; così mi ha detto appena ieri. Ma che ne è di me? Di Bryn James, come donna? Sarò anche una rozza texana di soli ventidue anni che non sa niente della vita, e di certo non sono sofisticata come le donne con cui magari preferisce uscire, o scopare, o quel che sia, ma dannazione, voglio che mi dia una possibilità.

Se fossi coraggiosa e audace, *pretenderei* una possibilità.

Mi prendo cura di lui, e lui neanche se ne rende conto.

Mi assicuro che mangi. Che torni a casa. Gestisco i suoi appuntamenti, e so dove deve essere o cosa deve fare ogni ora, ogni giorno. Faccio sì che tutti i piccoli dettagli che potrebbe aver trascurato siano sotto controllo. Ci sono sempre per lui. Sempre.

E a lui non importa.

«Ha fame?», gli chiedo, e il mio stomaco brontola ancora una volta, ricordandomi che sì, di certo *io* ho fame.

Matt scrolla le spalle incredibilmente larghe. Sembrano persino più larghe quando sono fasciate dalla camicia inamidata. Indossa ancora la cravatta, anche se l'ha un po' allentata, e il colletto slacciato mi fa venire voglia di sbottonargli la camicia e vedere cosa nasconde sotto il cotone bianco.

Come se non lo sapessi già. Avrò passato ore a cercare Matt DeLuca su Google. È stato facile – girano tonnellate di foto di quell'uomo. Alcune ti fanno venire l'acquolina in bocca, perché – santo cielo – il suo corpo è perfetto. Negli anni ha posato seminudo per qualche rivista sportiva, e grazie a Dio mi sono imbattuta in quelle foto solo dopo aver cominciato a lavorare per lui.

Sono andata a rivederle anche la notte scorsa. Le fissavo, sbavavo e mi chiedevo cosa diavolo potevo fare per attirare la sua attenzione. Quanto devo essere esplicita?

Oggi si è messo in tiro perché nel pomeriggio ha incontrato alcuni giornalisti del canale d'informazione locale per girare un'intervista video a proposito dell'azienda vinicola.

Adoro le occasioni in cui veste elegante, o almeno in camicia e cravatta, fin troppo poche, secondo la mia modesta opinione.

«Abbastanza, devo ammettere», si decide a rispondere con lo sguardo incollato allo schermo del computer mentre batte sulla tastiera solo con gli indici, come fa sempre. Non so a cosa stia lavorando, ma evidentemente mantiene vivo il suo interesse più di quanto non ci riesca io. «Ma non ho tempo per mangiare».

«Vuole che le porti qualcosa, allora?».

Mi guarda di nuovo, sbirciando da sopra il monitor, con gli occhi socchiusi, un'espressione scettica. Mi siedo di fronte alla sua scrivania, anche se mi sento arruffata ed esausta, mentre vorrei avere un aspetto irresistibilmente sexy come lui. «Non deve sentirsi in obbligo», dice con tono pacato. «Piuttosto dovrebbe tornare a casa, Miss James. È tardi, è stata una giornata lunga anche per lei».

Cosa, tornare nel mio appartamento vuoto dai miei squallidi cibi precotti? Non ci penso neanche. «Non mi costa niente prenderti… ehm, prenderle qualcosa da mangiare, Mr DeLuca». Cerco di mantenere il nostro rapporto su un piano formale, e lui fa altrettanto, ma ogni tanto ci capita di sbagliare. Non so perché, ma quasi mi diverte rivolgermi a lui in modo così affettato. Rende i miei pensieri maliziosi su di lui ancora più sconci. «Potrei chiamare il locale che preferisce e farle consegnare qualcosa a domicilio entro trenta minuti».

«Non lo so. Non so neanche cosa voglio». Si strofina il mento con una mano. Riesco a sentire la barba corta che gli graffia il palmo, e mi tremano le ginocchia. Fremo al pensiero di come sarebbe il suo volto leggermente ispido contro il mio, o ancora meglio... tra le mie cosce.

Grazie a Dio sono seduta, altrimenti giuro che crollerei a terra, ho le gambe di gelatina.

«Penserò a tutto io», ribatto con la mente in subbuglio mentre mi alzo. «Le ordinerò qualcosa e glielo porterò prima di andare a casa». Mi avvio verso la porta, chiedendomi se preferisca cibo italiano o cinese, quando lui pronuncia il mio nome con quella sua voce profonda, invitante.

Mi fermo, mi giro lentamente, e lui mi fissa con un'espressione di pura gratitudine. «Non so come ringraziarla per essersi presa cura di me in questi giorni. So di averle dato da fare più di quanto non avrei dovuto».

Sorrido, tentando di ignorare le farfalle impazzite nel mio stomaco. «Non c'è di che. E poi fa parte del mio lavoro, no? Sto solo facendo quello per cui sono pagata».

«Non credo che rientri nel contratto, ma immagino di sì». Sorride. «Dovrebbe farmi compagnia», e quando lo guardo confusa aggiunge: «Per cena».

«Oh, n-non potrei». Scuoto la testa, e in quel preciso istante il mio stomaco decide di brontolare come non mai, così mi poso una mano sulla pancia, terribilmente imbarazzata. Le mie guance s'infiammano, e vorrei tanto scappare via a testa bassa.

Ma resto lì, provando a far finta di niente.

Lui emette una risatina sommessa e inarca un sopracciglio. «Non ha fame, eh?»

«E va bene. Ho una fame da lupi»». Alzo gli occhi al cielo. Stiamo flirtando? Sembrerebbe, ma… no. Ah, è così ambiguo. «Ma sono certa che non vuole mangiare con me. Passiamo già abbastanza tempo insieme, no?»

«Lei vuole mangiare con me?», mi chiede, e al posto di quell'espressione divertita compare un bagliore nei suoi occhi che non ho mai visto prima. «Perché se non le va, non importa. Coraggio, Bryn. Ceniamo insieme sulla mia scrivania. Sarà divertente». Scoppia a ridere. «Possiamo rivedere un'altra volta il menu del catering. Divertente, no?»

«Ok», gli concedo, cercando di sopprimere il senso di vertigine che sta tentando di impossessarsi di me. Striscia sulla mia pelle, pronto a travolgere Matt. «Il tempo di trovare un ristorante. Cosa preferisce, italiano o cinese?»

«Italiano, ovviamente», risponde, e ne sono felice.

Anch'io preferisco l'italiano. Soprattutto se fa DeLuca di cognome.

«Cavolo, è davvero buono», dice Matt mentre mangia un altro boccone di ravioli all'aragosta. «E ha detto che è un ristorante qui vicino?».

Lo osservo mangiare rapita e annuisco in silenzio, ma poi mi accorgo che non mi sta neanche guardando, così rispondo: «Sì, non molto lontano da qui. Un piccolo locale poco appariscente ma pieno di persone».

Così pieno, che ho sentito gli sguardi di tutti puntati su di me, quando sono andata alla cassa per fare la mia ordinazione e ho aspettato che mi servissero. Di certo non erano turisti. Probabilmente si stavano chiedendo chi diavolo fossi, come se potessi annunciarlo a tutti. Sono rimasta lì in piedi, a sorridere timidamente a chiunque fosse tanto sfacciato da continuare a fissarmi.

Questa città, tutta questa zona, ha uno spirito da piccolo paese di provincia. Ormai l'ho capito. Ogni volta che a Cactus spuntava uno sconosciuto, tutti si affannavano come pazzi a cercare di capire chi fosse. Se ne spettegolava per giorni.

Ecco cosa sono, adesso. La ragazza che suscita i pettegolezzi di tutti e gli fa chiedere chi diavolo è. Nonostante stessi cercando di fare del mio meglio per non attirare l'attenzione, è capitato lo stesso.

«Lei cos'ha preso?». Matt punta la forchetta di plastica nera verso di me, con occhi accesi di curiosità.

Siamo seduti alla sua scrivania, proprio come aveva proposto lui, mangiamo in silenzio e ci scambiamo appena qualche parola. Ogni tanto emette dei profondi gemiti di pura soddisfazione che mi fanno ribollire il sangue, ma mi sforzo di ignorarli. Anche il mio piatto è delizioso, raramente mi concedo il lusso di mangiare cibo italiano, perché mi si mette tutto sui fianchi, ma che importa?

Niente. Stasera almeno.

«Ravioli con i funghi», rispondo subito prima di dare un morso a una fetta di pane caldo e croccante.

«È vegetariana?», mi chiede.

«Ma per favore, vengo dal Texas». Oh merda. Adesso mi metto anche a fare battute del cazzo. Devo tenere a freno la bocca.

«Davvero? Non lo sapevo». Mi fissa, con uno sguardo intenso. «Mi parli un po' di lei».

Mi stringo nelle spalle, e vorrei non aver mai aperto questa lattina di vermi. «Non c'è molto da dire».

«Non me la bevo, Miss James», mi incalza con voce dolce e indolente. «Stiamo mangiando insieme, potremmo almeno fare un po' di conversazione e darci finalmente del tu».

Cavolo, non si arrenderà tanto facilmente, ci scommetto. *Be', se proprio ci tieni, ecco la mia noiosissima vita: sono nata e cresciuta a Cactus, in Texas, una piccola città in cui basta un solo semaforo a regolare il traffico. No, aspetta, ce n'è un altro, quindi facciamo due.* Mi picchietto le labbra con le dita, tentando di capire cosa raccontargli e cosa no. Niente brutti ricordi, e ce ne sono parecchi. Un padre buono a nulla, una madre troppo giovane assente e menefreghista. Una nonna burbera ma amorevole che mi ha dispensato tante perle di saggezza ma non mi ha mai inondato di affetto. Probabilmente è per questo che ho sempre cercato l'amore nel posto sbagliato. Che sono così incasinata.

«Sono stata cresciuta da mia nonna», mi decido infine. «Mia madre era molto giovane e un po' assente».

«Oh... mi dispiace molto». Sembra quasi a disagio, come se non sapesse come reagire.

Forse non avrei dovuto dirglielo, maledizione.

Faccio una smorfia. «Non devi. Mia nonna è fantastica. Una dolce vecchina che prepara le migliori torte da chiesa che tu abbia mai mangiato». Più o meno. È leggermente sboccata, in realtà. È capace di restare seduta sotto il portico con un fucile in mano e minacciare qualsiasi sconosciuto si avvicini a casa che gli farà saltare il culo se osa muovere un altro passo. Non scherzo.

La mia vita a Cactus è una serie infinita di cliché di proporzioni epiche, giuro.

Matt aggrotta le sopracciglia. «Torte da chiesa?»

«Oh, dài. Quelle grandi torte a strati fatte in casa che si mangiano sempre agli incontri organizzati dalla chiesa. Lei le ricopre con la più gustosa glassa al cioccolato del mondo». Sospiro, mi mancano da morire le torte di nonna. Prendo uno dei cioccolatini che ci ha regalato il ristorante, lo scarto e lo infilo in bocca, ma non è che un misero surrogato.

«Ah, adesso capisco». Quando lo guardo interdetta, mi sorride. «Il tuo accento, mentre parlavi».

Serro le labbra. Comincio a parlare di casa e viene subito fuori la texana che è in me, non posso farci niente. «Ho lasciato Cactus quando avevo diciannove anni, e non ci sono più tornata». E non mi manca affatto. Parlo con mia nonna quando posso, ma il nostro rapporto non è mai stato molto intimo, non ci siamo mai scambiate confidenze. Non avevo amici. Ma in compenso mi sono lasciata alle spalle una moglie che mi strapperebbe tutti i capelli per aver baciato suo marito, anche se sarà convinta che abbiamo fatto ben di peggio. Venne a sapere della mia esistenza praticamente subito dopo che io venni a sapere della sua, ed è stato un vero incubo doverla affrontare.

Grazie a Dio non ci sono mai andata a letto. Ho saputo che ha messo incinta una povera ragazza che lavorava per lui, sua moglie lo ha piantato senza pensarci due volte e lui alla fine si è sposato con l'amante.

Sarebbe potuto capitare a me, se la nostra storia fosse andata avanti. Mi sarei ritrovata intrappolata in un matrimonio con un assicuratore da quattro soldi che non riesce a tenere a freno la lingua o l'uccello e che si scopa ogni ragazzina svampita lavori per lui.

Un brivido mi percorre la schiena al solo pensiero.

«E che mi dici di te?», chiedo, tentando disperatamente di cambiare argomento. Allontano il piatto vuoto, il pane mi si è messo sullo stomaco neanche fosse piombo. Certo però che era buono. «Parlami della tua vita».

Lui sorride e infilza l'ultimo raviolo con la forchetta. «Sono stato cresciuto da mio padre dopo che mia madre è morta, quando avevo quattro anni. Ho sempre amato il baseball perché lui era un ex giocatore professionista e volevo seguire i suoi passi. Così ho fatto, mi sono infortunato, sono stato costretto a ritirarmi, sono venuto nella Napa Valley su consiglio di un mio amico e ho comprato la cantina. Tutto qui».

Be', ha il dono della sintesi, non c'è che dire. Devo farmi dare qualche lezione, per la prossima volta in cui mi faranno domande indiscrete. «L'hai ridotta un po' all'osso».

«Pensavo che mi avessi cercato su Google, e che quindi sapessi già tutto». Le sue guance si colorano, e mi chiedo se stia *davvero* arrossendo. «Ecco, adesso penserai che sono un coglione».

«No, affatto», lo rassicuro. «Ti ho cercato davvero su

Google», ammetto, ora sono le mie guance a infiammarsi. C'erano tutte le foto della sua campagna pubblicitaria in biancheria intima. Quelle sono state piuttosto... illuminanti. «Qualche tempo fa, dopo che avevi rilevato l'azienda vinicola. Volevo scoprire qualcosa di più sul mio nuovo capo».

«Non avevi mai sentito parlare di me, quando giocavo a baseball?»

«No, in realtà no. Non mi interessano molto gli sport, l'unico che seguo un po' è il football». E appena lui inarca le sopracciglia, mi stringo nelle spalle. «Vengo dal Texas, dopotutto».

Matt

«Be', credo di poter passare sopra alla tua passione per il football, visto che vieni dal Texas», le dico sorridendo.

Mi restituisce il sorriso, uno scintillio smagliante che scompare in fretta com'è apparso. Ci resto male, ma faccio finta di niente.

Più parlo con Bryn, più mi piace. Sono intrigato dal fatto che sia del Texas, perché per qualche ragione non avrei mai pensato che venisse da lì. Davo per scontato che fosse di qui, come tutti gli altri dipendenti della Cantina DeLuca.

E più parla del Texas, più il suo accento si fa marcato. È stato bello, sentirla raccontare di nonne e torte al cioccolato. Ma non è scesa nei particolari. Sospetto che ci sia molto altro dietro le quinte.

Mi chiedo se non stia nascondendo qualcosa. So con certezza che io vorrei poterlo fare: il mio passato, tutta la mia esistenza è esposta agli sguardi curiosi del mondo intero, grazie a Vinnie DeLuca e alle sue bravate.

In lei c'è anche una vivacità che non mi aspettavo. Ma conoscevo solo l'altra Bryn. Quella che vestiva sempre di beige e non mi guardava mai negli occhi. Questa nuova Bryn – con abiti eleganti ma sexy, capelli fantastici e un modo di fare dolcemente energico – è una piacevole sorpresa.

Mi piace persino come mangia. Mi è capitato di uscire con donne che piluccavano controvoglia o ordinavano solo una foglia di lattuga e un bicchiere d'acqua. Non solo Bryn ha quasi ripulito il piatto, ma si è spazzolata anche il pane, proprio come me.

Non avevo idea che una donna con un sano appetito fosse così eccitante.

«A giudicare dal tuo racconto si direbbe che la tua carriera sia stata molto breve». Fa una smorfia. «Scusa, probabilmente non avrei dovuto tirar fuori l'argomento. Di certo non ti piace parlarne».

«Non c'è problema. È solo un dato di fatto». Scrollo le spalle, come se non mi pesasse il fatto che la mia carriera sia stata stroncata, ma non è così. Fa male da morire. «Mi manca, ma la vita va avanti e porta nuove sfide».

Lei inarca un sopracciglio sottile. «Come questa azienda».

«Assolutamente sì, una sfida avvincente, peraltro. Bisogna spaccarsi la schiena, ma sono convinto che alla fine ci ripagherà». Ho detto "*ci* ripagherà", come se lei fosse parte integrante di questa cantina, ed è così che la vedo.

Mi chiedo se abbia capito davvero che valore abbia. E non parlo del suo stipendio o di quanti soldi ricaverò da quest'avventura, niente del genere. Mi riferisco a quanto ho bisogno del suo aiuto. Sarei perso senza di lei.

D'altra parte, non contano solo i soldi e quanti ne fai, no? Quelli che ho mi basterebbero per altre dieci vite. Mio padre potrà anche essere uno stupido spaccone che ama mettere in piazza i suoi problemi, ma è uno stupido spaccone scandalosamente ricco. Credo sia per questo che si è potuto concedere di fare il pazzo in tutti questi anni. Quando sei ricco, sei eccentrico. Quando sei povero, sei solo strano.

In ogni caso, crescere con mio padre è stata un'esperienza fondamentale nella mia vita. Si aspettava che fossi come lui. Così ho fatto del mio meglio per imitarlo il più possibile, ma ci sono riuscito solo quando sono diventato un giocatore professionista.

Fino all'infortunio che ha stroncato definitivamente la mia carriera. Papà per poco non ha dato di matto. Giuro che era pronto a diseredarmi, e non era neanche colpa mia. Per quanto fosse già traballante, il nostro rapporto non è più stato lo stesso.

Ora faccio del mio meglio per evitare di essere sempre associato a lui.

«Sono sicura che andrà tutto bene. Credo che tu abbia il "tocco d'oro"», dice, la sua voce è dolce, il suo sorriso…

Il suo sorriso è così bello. *Lei* è così bella. Meravigliosa. La fisso, ipnotizzato per un istante, e scuoto la testa per scacciare i miei pensieri ribelli.

Mi chiedo cosa intendesse quando ha detto che ho il "tocco d'oro". Ho mandato a puttane una carriera senza volerlo. E adesso lavoro dodici ore al giorno per assicurarmi che questa prosegua senza intoppi.

Ora posso solo sperare che tutto vada secondo i piani. Mancano due giorni. La grande riapertura sarà venerdì, dal pomeriggio fino alla sera tardi, con incontri con la stampa, una visita ai vigneti, una degustazione e, infine, la festa, che comincerà alle sei. Ci sarà cibo, fiumi di vino DeLuca e musica dal vivo.

Sono esausto al solo pensiero.

«Be', dovrei rimettermi a lavorare», dico puntando la forchetta verso di lei. Quando avrò un po' di tempo, dovrò fare un salto al ristorante dove Bryn ha preso la nostra cena. Erano secoli che non mangiavo così bene.

Chissà cosa direbbe Bryn se le chiedessi di venire con me. Di uscire insieme.

«Resterai ancora qui a lavorare?», mi chiede incredula.

Deglutisco annuendo. «Già. Ci sono un paio di cose che devo sistemare prima di tornare a casa».

«Vuoi che ti dia una mano?». Sbatte le palpebre, i suoi occhi azzurri limpidi e seducenti mi irretiscono.

Restare in ufficio con Bryn fino a tardi, fantasie di ogni genere invadono la mia mente. Come lei sdraiata sulla scrivania, con le labbra arrossate dai miei baci e i capelli sexy scompigliati.

Devo smettere di pensare a Bryn in situazioni simili. Devo superare questa mia attrazione per lei. Concentrarmi sul lavoro, più che immaginare come infilare le mani sotto la gonna della mia assistente.

Già. Sembro un sessista della peggior specie, persino a me.

«No, puoi tornare a casa. Sono già le otto passate e hai fatto più tardi di quanto non dovessi». Lascio cadere la forchetta nel piatto vuoto e ci poso sopra il tovagliolo.

«Oh, non ti preoccupare dei rifiuti. Raccoglierò tutto io». Recupera la sporta del take away dal pavimento e comincia a infilarci dentro la spazzatura. Nel prendere il mio piatto vuoto si china leggermente verso di me e mi offre il delizioso spettacolo di ciò che nasconde sotto la camicetta.

Indossa un reggiseno bianco, di pizzo, e i suoi seni tendono la stoffa delicata. La mia fronte si imperla di sudore freddo davanti a quella visione tentatrice, e i miei occhi continuano a fissarla finché possono, prima che si tiri su e i suoi seni scompaiano di nuovo dalla mia vista.

Maledizione, questa donna è troppo eccitante.

«Li getterò nel cassonetto mentre vado via», esclama voltandosi di lato mentre esce dal mio ufficio e si avvia verso la sua scrivania.

Resto seduto nella mia poltrona, mentre la osservo impietrito. Il movimento ondeggiante dei suoi fianchi m'ipnotizza. La sua camminata è seduzione allo stato puro. Quella gonna nera, che abbraccia ogni sua curva, accende le mie fantasie. Il suo culo implora le mie mani di toccarlo.

Vedi di darti una calmata, cazzo. È la tua assistente. Non pensarci neanche.

Ignoro tutti i pensieri negativi che mi corrono per la mente, mi alzo e prendo il portafogli dalla tasca posteriore dei pantaloni. «Devo ridarti i soldi della cena, Bryn».

«Posso intestarmi un assegno domani, se vuoi. Possiamo detrarlo come cena di lavoro, sai», dice rovistando tra le carte sulla sua scrivania. «Non ci vuole niente».

Pensa sempre a tutto, la mia assistente. «Preferirei darti subito i contanti, se non ti dispiace». Mi dirigo verso di lei mentre comincio a estrarre un paio di banconote da venti. «Hai conservato la ricevuta, no?».

Sono così intento a frugare nel mio portafogli che non mi accorgo di essere proprio davanti a Bryn finché non è troppo tardi. Vado dritto contro di lei, i nostri corpi si scontrano, allungo le braccia e il portafogli mi scivola di mano mentre le cingo la vita per impedirle di cadere.

«Oh!». Bryn si aggrappa alla mia camicia per evitare di perdere l'equilibrio e le sue curve morbide e deliziose si stringono a me. Poso timidamente le mani sulla sua schiena, subito sopra la curva delle natiche, appena lei solleva la testa di scatto e i suoi occhi spalancati incontrano i miei. «Scusa», mormora, inumidendosi le labbra con la lingua.

Merda, doveva proprio fare una cosa del genere?

«Oh, sono io che devo scusarmi, non guardavo dove

mettevo i piedi», rispondo, tenerla tra le braccia mi fa andare in tilt il cervello. Mi stringo impercettibilmente a lei. Mi fa sentire maledettamente bene. Troppo bene. La mia pelle è percorsa da scariche elettriche, le mie mani muoiono dalla voglia di accarezzare il suo corpo, e mi rendo conto che dovrei allontanarla da me. Mettere fine a questa conversazione prima che la situazione mi sfugga completamente di mano.

«D'accordo, allora. Forse dovresti». Le sue dita si serrano sulle mie braccia, i polpastrelli mi accarezzano la pelle, e il suo tocco mi penetra fin dentro le ossa, persino attraverso la stoffa della camicia. Trattengo il respiro mentre la fisso, totalmente incantato dall'espressione sensuale sul suo volto. «Mi perdoni, Mr DeLuca».

«Mi scusi lei, Miss James», sussurro, facendola sorridere. Maledizione, il suo sorriso è mozzafiato. Tutto in lei è mozzafiato. Perché non me ne sono mai accorto prima? Be', a dire la verità ero ossessionato dal suo profumo, ma ho continuato a ripetermi che non significava nulla. Che lei non era niente di speciale.

Sono così stronzo che sono bastati un po' di trucco e un paio di vestiti aderenti perché la notassi?

Ma c'è di più in questa donna. È sveglia e sempre presente quando ho bisogno di lei, cioè spesso. Ho tentato in tutti i modi di essere equilibrato, invece di pretendere, pretendere, pretendere, ma sono diventato dannatamente egoista da quando ho rilevato l'azienda. Ho vissuto per questo posto per intere settimane, per mesi.

Bryn è stata al mio fianco tutto il tempo. Mi offre sempre ciò di cui ho bisogno, mi guida quando mi sento confuso. Non mi perde mai di vista.

Chino la testa come se non fossi in grado di controllarla, e lei piega indietro la sua, quasi in attesa, il suo sorriso svanisce, le labbra si schiudono. Campanelli d'allarme risuonano nel mio cervello. Cosa sto facendo? Credo che la bacerò.

Sì, la bacerò, per scoprire finalmente quanto sono deliziose le sue labbra. E quando smetterò di baciarla, affonderò il volto tra i suoi capelli e respirerò il suo profumo inebriante. Fino a riempirmi i polmoni, a farmi girare la testa. Sento già il suo profumo, che mi avvolge, mi strega, e chiudo gli occhi appena le mie labbra si posano sulle sue.

È un bacio dolce. Leggero. Innocente. La sto mettendo alla prova, sto mettendo alla prova me stesso. Lei non scappa, non sobbalza tra le mie braccia. No, va molto peggio di così. Dovrebbe allontanarsi da me e darmi uno schiaffo. O almeno pestarmi un piede e dirmi che sono uno stronzo e che si licenzia. La lascerei andare, perché sarebbe la cosa giusta da fare.

Stringerla tra le braccia e baciarla è la cosa più sbagliata del mondo.

Invece sospira contro le mie labbra. Il suono più dolce e sensuale che abbia mai sentito in tutta la mia vita, e le sue mani mi accarezzano il petto, si stringono sulle mie spalle mentre si avvicina, stringendosi disperatamente a me.

Eccolo. Il segno che aspettavo con ansia nonostante

l'insegna al neon che lampeggia dentro la mia testa e non fa che ripetermi:

Allontanati, allontanati, allontanati, cazzo, brutto coglione.

La ignoro. Non posso resisterle. Non *voglio* resisterle. Tutte quelle curve morbide e invitanti strette al mio corpo, i suoi seni contro il mio petto, le sue gambe intrecciate alle mie. È più alta, con quei tacchi che urlano "scopami subito", e sono tentato di far scivolare le mani lungo i suoi fianchi, serrarle sul suo culo e vedere cosa farebbe.

Dal modo in cui le sue labbra assecondano le mie, ho la sensazione che le piacerebbe.

Il bacio è ancora innocente, sembriamo entrambi aspettare che l'altro faccia la prima mossa. Mi godo questa innocenza per un istante, per imprimere questo momento nella mia mente, per non dimenticarlo mai. Per non dimenticare le sensazioni che mi dà tenerla tra le braccia. I suoni sommessi che emette, un misto di sospiri e gemiti, sono terribilmente arrapanti. Sa di cacao, dolce e speziato, e schiudo la bocca per assaporarla con passione.

Ma lei mi coglie di sorpresa, battendomi sul tempo, e la sua lingua guizza tra le labbra per accarezzare timidamente la mia – un colpetto malizioso che mi incendia e me lo fa diventare duro. Cazzo, la desidero. Potrei perdermi in lei.

Sono fregato.

Capitolo 5

Bryn

Oh, Dio, mi sta baciando. Mi sta baciando davvero, le nostre lingue s'intrecciano in una danza che si fa sempre più appassionata, calda, sensuale ogni secondo che passa. Mi aggrappo a lui, le mie dita scivolano sulle sue spalle per cingergli il collo, affondano tra i morbidi capelli sulla nuca, stringendolo a me.

Le sue braccia muscolose si serrano intorno alla mia vita, mi tengono stretta solide come l'acciaio e la brama possessiva con cui mi tocca e mi bacia mi fa formicolare la pelle. È esattamente ciò che desideravo da mesi, da quando ho cominciato a lavorare con Matt. Appena è entrato nella mia vita e mi ha salvato, perché non ho dovuto radunare le mie cose e tornare a Cactus a testa bassa, come la fallita che tutti pensavano che fossi.

Ho lottato contro l'inebriante attrazione che provavo nei confronti di Matt per quello che mi è sembrato un tempo infinito, soprattutto quest'ultima settimana, e credo che anche per lui sia stato lo stesso. Durante la cena, la nostra intesa sembrava sempre più forte, quasi fosse una presenza tangibile.

Altrimenti perché mi avrebbe baciato senza pensarci due volte? So che ci siamo scontrati senza volerlo, ma mi è sembrato così naturale, essere tra le sue braccia. Non ha più potuto negare di essere attratto da me e adesso, nel silenzio e nella semioscurità dell'ufficio, senza nessuno intorno, possiamo finalmente cedere alla nostra attrazione e fare un passo avanti.

«Bryn». La sua voce sofferta trasmette una scarica di brividi lungo la mia spina dorsale, appena sussurra contro le mie labbra. «Non dovremmo farlo», dice spezzando il nostro bacio.

Gli accarezzo la nuca, ancora rapita dalla dolce sensazione della sua bocca che si muove sulla mia. Dio se sa baciare. Fortuna che mi stringeva a sé, o probabilmente mi sarei sciolta sul pavimento come gelatina. Cos'è che sta dicendo? «Aspetta... cosa?»

«Non dovremmo farlo», ripete premendo le labbra su un punto del collo in cui le mie vene pulsano quasi impazzite, prima di scostarsi da me.

Alzo lo sguardo su di lui e mi accorgo che è serio da morire. È scuro in volto, i suoi occhi sembrano quasi... addolorati. Sta mettendo fine a tutto questo.

E mi sta facendo sentire una vera stupida.

«Bene». Traggo un profondo respiro e allontano le mani dal suo collo. «Hai ragione. Non dovremmo assolutamente farlo».

Mi sembra di essere in uno di quegli stupidi romanzi d'amore che amo leggere quando non lavoro come un mulo. Ed è imbarazzante quanto sia patetica.

«Mi... dispiace, Bryn. Mi sono lasciato trasportare». Mi lascia andare e io faccio un passo indietro, sentendomi perduta, lontana dalle sue braccia.

«Dispiace anche a me». Mi passo una mano tra i capelli, poi sistemo la camicetta e passo una mano sulla gonna. Mi tremano le mani, ed emetto un sospiro tremante, ansiosa di rimettermi in sesto e in fretta.

Non voglio che capisca che effetto mi fa, soprattutto dopo che mi ha respinto con tanta decisione.

Si piega e raccoglie il portafogli da terra, per poi riaprirlo e tirare fuori due banconote da venti dollari. «Bastano?»

«Per cosa?». La mia mente è in subbuglio. Perché mi dà dei soldi? Non vorrà pagarmi per questo stupido bacio? E se pensa che le mie labbra valgano solo quaranta dollari, è un vero insulto.

«Per la cena», mi risponde con voce gentile mentre mi porge le banconote. «Bastano?».

«Sì, grazie», dico di scatto prendendo i soldi e serrandoli in una mano. Mi sento così stupida che non so cos'altro dire.

Così non dico nulla. Gli volto le spalle, recupero la borsa da un angolo della mia scrivania e scappo dall'edificio senza mai voltarmi. Mi accorgo delle lacrime che mi rigano il volto solo quando entro in macchina, mi siedo al posto di guida e tento disperatamente di infilare la chiave nel cruscotto senza riuscirci.

Scoppio in un pianto dirotto, i miei occhi si offuscano, ma alla fine riesco a inserire la chiave. La giro e il motore si avvia con il solito rombo affidabile. Premo la fronte contro il volante e lascio che le lacrime scorrano silenziose. Niente singhiozzi, niente improperi, non agito i pugni contro me stessa o contro l'uomo che mi ha baciato con tanta dolcezza, con tanta passione, ma non so se mi capiterà mai di ricevere un altro bacio bello come quello.

Le luci dei fanali m'illuminano ogni volta che una macchina mi passa accanto, e io sussulto, sollevando la testa. Mi asciugo le lacrime dalle guance bagnate e sbuffo un sospiro di frustrazione. Devo uscire da questo parcheggio. Restare qui a compiangermi non è il modo di affrontare la situazione. Sono sempre stata il tipo di ragazza che si tira su con le proprie forze.

Un pervertito mi insegue e prova a rapirmi? Nessun problema, gli sputo in un occhio. Il mio vecchio capo tenta di infilarsi nelle mie mutande? Niente panico, mi licenzio. Un branco di cretini di Hollywood mi chiede di fargli un pompino?

Già. Vado per la mia strada e basta. Trovo un altro lavoro. Un altro capo, un altro uomo così affascinante che sa incenerirmi con un solo sguardo. Una sola carezza. Un solo bacio.

Ingrano la retromarcia, esco dal parcheggio e corro via così veloce che gli pneumatici slittano sulla ghiaia. Una convinzione mi fa raddrizzare la schiena, alimenta la mia rabbia. Mi rifiuto di permettere a qualcuno di farmi sentire debole solo perché sono una donna. Mi capita da sempre. È una costante di tutta la mia vita. Cambio il mio aspetto per impedire agli uomini di vedere solo un bel faccino, per poi lasciarmi convincere che sia una buona idea tornare indietro, e ovviamente mi caccio nei guai.

Ma neanche per sogno!

Nessun uomo mi ha mai fermato.
Mai.

«Oh mio Dio, cosa ti è successo?».

Alzo lo sguardo dalla lettera che sto scrivendo e trovo Ivy in piedi davanti alla mia scrivania, con un'espressione di disappunto misto a orrore. Raddrizzo le spalle e le sorrido, facendo finta di niente.

«Che intendi?», le chiedo pacata. Sono passati solo pochi giorni dall'ultima volta che l'ho vista. So che mi aspetta una bella lavata di capo.

Lei agita una mano verso di me, i suoi occhi mi scrutano mentre il suo naso si arriccia. «Il beige... è tornato. E hai raccolto i capelli in uno chignon, sei struccata... Perché? Cos'è successo? Pensavo ti fossi rifatta il guardaroba. Anzi, lo sapevo con certezza, ero con te!».

Non ha senso provare a far innamorare un uomo che evidentemente non ne vuole sapere. Nonostante il bacio devastante, la chiacchierata amichevole e i suoi occhi pieni di passione che mi divorano appena può, sono dovuta tornare al mio vecchio look. Indosso il mio completo beige come fosse un'armatura. Per proteggere il mio cuore dalle delusioni.

«L'ho fatto. Ho indossato i miei nuovi vestiti, ce l'ho messa tutta per fare colpo su Matt e mi si è ritorto contro. È stato un fallimento su tutta la linea». Mi chino dietro la scrivania e prendo la busta che contiene il vestito fantastico che Ivy mi ha generosamente comprato perché lo indossassi domani. «Te lo restituisco. Apprezzo il gesto, ma non ne avrò bisogno, dopotutto».

Ivy prende la busta quasi stordita, e la apre per sbirciarci dentro prima di restituirmela con uno sguardo determinato. «Oh no, non lo farai. Non ti azzardare a restituirmelo perché pensi che abbia speso troppi soldi. È un regalo».

«Senza offesa, ma non lo voglio». Arriccio leggermente il naso, sperando che mi perdonerà, ma Dio, sono ancora troppo arrabbiata con Matthew "il Coglione" DeLuca. «Non ha senso indossarlo, ecco perché te lo restituisco. Se tutto va bene, puoi ancora riportarlo al negozio».

«Cosa? Perché non ha senso indossarlo? Cos'è successo?». Ivy mi fissa a bocca aperta.

Con un cenno della testa indico la porta dell'ufficio di Matt. L'ha tenuta chiusa per tutto il giorno, a malapena mi ha rivolto la parola, se non per qualche richiesta specifica, pronunciata con voce penosamente cortese. E io ho risposto a tono con un secco "Sì, signore" ogni volta che mi ha chiesto qualcosa, attirandomi sempre uno sguardo infastidito.

«Cosa ha fatto?». La voce di Ivy è poco più di un sussurro.

Scuoto la testa alzando gli occhi al cielo, e mi fa quasi male. Probabilmente c'entra il fatto che ho legato i capelli in uno chignon così stretto che mi sta tirando tutta la faccia. Che bisogno c'è di farsi un lifting quando ci si può legare i capelli così? «Non posso parlarne qui. Non adesso».

«Mi rifiuto di accettarlo». Ivy posa la borsa con il vestito sulla mia scrivania con un'espressione decisa che quasi mi sfida a contraddirla. «Lo indosserai domani sera, che ti piaccia o meno».

«Non è che non mi piace, lo sai». Riprendo la busta e la nascondo sotto la scrivania. Sono riuscita solo a spiegazzare il vestito, stasera mi toccherà anche stirarlo, se davvero deciderò di metterlo domani. «Lo hai comprato per un solo motivo, perché facessi colpo su una certa persona che, fidati, non ne resterà affatto colpita».

«Continui a fare giri di parole e non lo sopporto». Ivy s'incammina verso la porta facendomi un cenno con la mano. «Vieni con me».

La seguo fuori, i raggi del sole illuminano e scaldano la mia pelle infreddolita mentre mi conduce sul retro dell'edificio. Si gira verso di me e io incrocio le braccia al petto mettendomi sulla difensiva. L'ultima cosa che voglio è litigare con la mia nuova amica, ma non voglio neanche confessarle cosa è successo tra me e Matt ieri sera.

È imbarazzante.

«Raccontami tutto. Dimmi cos'ha fatto quell'idiota di Matt per farti tornare al tuo vecchio look». Un brivido scuote Ivy. «Odio il beige, spero che mi capisca».

Lo odio anch'io, ma non lo ammetto. Preferisco far finta che si addica di più al mio stile e trincerarmi dietro di esso, piuttosto che rivelare che in realtà posso essere… bella senza il beige. Lo indosso come un'armatura, per combattere tutte le mie debolezze. «È imbarazzante».

«Resterà tra me e te. Oh, e Marina. Vorrà sapere cosa sta succedendo», dice Ivy.

«Non puoi parlarne con Archer. E Marina non potrà parlarne con Gage. Sarà il nostro piccolo segreto», le intimo puntandole contro l'indice.

«Terrò la bocca chiusa. Parola di scout». Solleva tre dita, poi comincia a ridacchiare, rendendomi ancora più nervosa.

«Come faccio a prenderti sul serio se ti metti a ridere?», le dico esasperata. Se Matt scoprisse che sono qui fuori a parlare con Ivy, probabilmente andrebbe su tutte le furie. È un fascio di nervi oggi, col fatto che domani è il gran giorno. È teso, stressato, e le strane vibrazioni negative tra noi non aiutano.

«Non rido per questo. Ho detto a Matt la stessa identica cosa, "parola di scout", quando abbiamo parlato la settimana scorsa». Si acciglia, inclinando la testa da una parte. «Non riesco a credere che sia passata solo una settimana da quando io e Matt abbiamo avuto quella conversazione. Ne sono successe di cose da allora».

«Quale conversazione? Cosa ti ha detto?». Le sto tendendo una trappola. Se mi racconterà cosa le ha detto, non avrò modo di confessarle cosa è successo ieri notte.

«Ah, ah, ah. Non ci casco». Sorride. Dannazione, è astuta. «Quindi sputa il rospo».

Le spiego tutto. Come Matt sembrasse interessato a me da quando ho abbandonato il beige. Che sono rimasta fino a tardi ieri sera e gli ho portato la cena, che abbiamo mangiato insieme. Che stavo per andarmene quando ci siamo scontrati, e un istante dopo ci stavamo baciando.

E che è stato fantastico.

«Poi è finito tutto. Ha detto che non avremmo dovuto farlo, mi ha dato quaranta dollari e mi ha lasciato andare», concludo tristemente.

«Aspetta un secondo, ti ha dato quaranta dollari? Per cosa?», mi chiede Ivy con voce stridula.

«Shhh». Scuoto la testa, vorrei mettermi a ridere, ma la situazione non è poi così divertente. Forse ci riuscirò, un giorno, ma non ora. «Era per la cena».

«Oh, grazie a Dio», mugugna, e stavolta rido davvero. «Avevo pensato che avesse provato a pagarti per i tuoi servizi, o roba del genere». Tutta questa storia è davvero assurda.

«Ho pensato la stessa cosa!».

Così scoppiamo a ridere entrambe, appoggiandoci al muro del palazzo come se non riuscissimo a tenerci in piedi.

«Quindi immagino che adesso ti stia ignorando?», mi chiede Ivy appena si ricompone.

Annuisco, smettendo di ridere. «Il fatto che me ne sia andata non ha migliorato le cose. Non ho detto una parola, mi sono girata e sono scappata via come se avessi il fuoco sotto i piedi».

«E poi stamattina ti sei presentata con il tuo completo beige come se niente fosse». Ivy sospira. «Che casino».

«Non so cos'altro fare. Il suo rifiuto… mi ha fatto male», confesso, serrando le labbra per evitare di dire altro. È una mia amica, ma non siamo così in confidenza. Non voglio che pensi che sia una vera idiota raccontandogli il mio passato. Mi sono successe un sacco di cose assurde. A parte i pervertiti e i capi pazzi e i viscidi di Hollywood in cerca di un pompino, sono stata con ragazzi che non erano molto meglio. Uomini che vedevano un bel faccino e un corpo decente e pensavano che fossi una facile.

Cambio look e Matt mi bacia. Poi mi respinge. E io che volevo che si accorgesse di me... Nel profondo, voglio essere qualcosa di più della sua assistente.

Non dovrei prendermela, è stupido da parte mia, perché ho fatto tutto da sola, ma non posso farci niente. Quando si tratta di uomini, non riesco a pensare razionalmente.

Non voglio che Ivy mi consideri una pazza. Anche se in un certo senso lo sono.

«Devi fregartene di questo rifiuto, mia cara. E non ti ha allontanato perché non ti vuole. Magari sta cercando di fare la cosa giusta», mi fa notare Ivy.

Uhm. Forse ha ragione. Matt sembra un tipo tutto d'un pezzo, da quello che ho visto. So che non ha mai flirtato di proposito con me, niente del genere. «Non funzionerebbe», le dico con voce ferma. «È il mio capo, sono una sua dipendente. Non so neanche come ho fatto a lasciarmi convincere da voi due che *potesse* funzionare».

«No, no. Non provare a gettare la spugna. Non te lo permetterò». Ivy mi afferra le braccia e mi scuote dolcemente prima di lasciare la presa. «Domani indosserai uno dei tuoi nuovi vestiti. Niente colori neutri, ok?

Matt ha bisogno che tu sia in piena forma, e questo significa che devi presentarti al meglio. Ci sono troppe cose in ballo domani».

Ha ragione. Domani è di gran lunga il giorno più importante della sua nuova carriera. «Ok, va bene. Indosserò uno dei miei nuovi vestiti. Ma non metterò in bella mostra neanche la più piccola porzione di pelle».

«Va bene». Ivy sorride. «E poi domani sera andrai alla festa, e indosserai questo vestito. Saluterai tutti e rappresenterai la Cantina DeLuca al meglio, fosse l'ultima cosa che fai».

Dove vuole arrivare? «E poi?»

«E se lui fa una mossa, splendido. Ma devo avvertirti». Il volto di Ivy si fa spaventosamente solenne. «Se non la fa, non sorprenderti. Si sforza in ogni modo di fare la cosa giusta, soprattutto per via di suo padre».

«Cosa c'entra suo padre? Cos'ha che non va?».

Ivy fa una smorfia. «Vinnie DeLuca ha una reputazione da porco e mette costantemente in imbarazzo Matt. Ormai non si parlano praticamente più».

«Una reputazione da porco? In che senso?». Sono incuriosita.

«Da playboy. Gli piaceva azzuffarsi, soprattutto quando era un giocatore professionista. Si diceva che prendesse steroidi, che scommettesse e si vendesse le partite». Ivy scuote la testa. «Matt ha sempre tentato di prendere le distanze da lui e dalla sua orribile fama. Si è sempre comportato in modo ineccepibile».

E poi sono spuntata io, che da scialba e insignificante sono diventata appariscente e pronta a tutto nel giro di un secondo. Non c'è da meravigliarsi se mi ha baciata per poi allontanarmi. Stava davvero cercando di fare la cosa giusta.

Mentre io cercavo di fare la cosa sbagliata.

«Mi sento un'idiota», confesso con un sospiro.

«Non dovresti. Ti abbiamo incoraggiato noi». Anche Ivy sospira. «Mi sento un'idiota anch'io».

«Indosserò il vestito. Ma non mi metterò in mostra davanti a Matt. È sbagliato. Non si merita altri problemi o sensi di colpa». Do un calcio a un sasso, fare la cosa giusta mi fa sentire comunque di merda.

«Mi sorprendi, sai? Matt è fortunato ad averti al suo fianco».

«Spero che anche lui la pensi così», dico con il cuore in subbuglio.

Matt

«Matt è fortunato ad averti al suo fianco».

«Spero che anche lui la pensi così».

Non volevo origliare la conversazione tra Bryn e Ivy, ma è capitato. E quando mi sono reso conto che parlavano di me – e in particolare di mio padre – non ho potuto fare a meno di restare nei paraggi e ascoltare cosa si dicevano.

Mi ha fatto male sentire ciò che Ivy ha detto di lui, ma non posso negare che fosse la pura verità. È un porco e ha una reputazione terribile, da cui ho tentato di prendere il più possibile le distanze.

Ecco perché ho allontanato Bryn ieri sera. Non potevo continuare a baciarla, non importa quanto fosse meraviglioso e quanto lo volessi. E cavolo, lo volevo davvero.

Ascoltare Bryn mentre diceva che si sentiva una vera idiota per quello che è successo ieri sera mi ha fatto capire che lo voleva quanto me. Mentre io ero convinto che mi avesse solo assecondato. Dopo che se n'è andata senza dire una parola, mi è stato impossibile ritrovare la concentrazione, così ho chiuso bottega. Ho guidato fino a casa, insoddisfatto e arrapato, e ho continuato a ripensare a quello che era successo tra me e Bryn, cercando di capire come avevo potuto permettere che accadesse. Quel bacio. Stringere Bryn tra le mie braccia. Toccarla.

Già. Un errore madornale, di quelli che non si dimenticano facilmente, per di più.

È stata durissima doverla affrontare stamattina, anche se in qualche modo lei ha reso le cose più facili, quando si è presentata in ufficio in completo beige, guardandomi a stento, quasi la spaventassi. La Bryn anonima che conoscevo e capivo, o almeno così credevo, quella con cui ho avuto a che fare per mesi e a cui mi ero abituato.

Invece la Bryn splendida, elegante e sexy da morire mi uccide e mi fa girare la testa. Non ha solo un aspetto fantastico, ma diventa anche più audace, quando indossa vestiti alla moda e scioglie quei meravigliosi capelli. Si muove sicura, mi guarda negli occhi, parla con me.

Quando l'ho vista stamattina, con il suo solito completo beige, mi sono lasciato ingannare, ma solo per un istante. Quando poi ho sentito la sua voce e l'ho osservata, ho visto la vera donna che si cela dietro quella facciata. Per quanto si sforzi di nascondersi dietro colori scialbi e pettinature austere, so chi è, sotto la superficie.

E la voglio ancora di più, nonostante voglia anche fare la cosa giusta.

Mi confonde. Pensavo che se l'avessi respinta, avrei risolto tutti i miei problemi. Invece mi sembra di averne molti di più.

Mi allontano da Ivy e Bryn, mi avvio verso la macchina e vado al mio ultimo appuntamento della giornata, un incontro in banca con un possibile investitore.

Il cellulare squilla neanche due minuti dopo che sono uscito dal parcheggio dell'azienda, e quando controllo lo schermo scopro che è mio padre. Parli del diavolo... Sembra quasi che il vecchio percepisca quando qualcuno sta pensando o parlando di lui. Contro ogni buonsenso, decido di rispondere – meglio affrontarlo adesso che rimandare, non voglio che m'infastidisca domani.

«Figliolo», la voce di Vinnie tuona dagli altoparlanti della mia macchina, collegati al telefono col Bluetooth.

«Che succede?», gli chiedo per tagliare corto.

«Ah, sei sempre così gentile con il tuo vecchio!». Vinnie ridacchia e io digrigno i denti, perché muoio dalla voglia di attaccargli il telefono in faccia. «Ho saputo che domani ci sarà l'inaugurazione della tua raffinata cantina».

«Sì, infatti». Non ha mai mostrato neanche un briciolo

d'interesse per l'azienda, quando gli ho detto di averla comprata si è limitato a commentare con un "Niente male", con la sua solita voce distratta e totalmente concentrato su di sé.

Non ne abbiamo più parlato.

«Speravo di riuscire a rimediare un invito».

Un senso di malessere mi corre lungo la schiena e mi schiarisco la voce. «Pensavo che fossi più un fan dei superalcolici», gli dico tentando di mantenere un tono scherzoso.

«Be', non sono un intenditore di vini, lo ammetto, ma vorrei essere presente quando il mio unico figlio presenterà la sua nuova azienda vinicola. Sarà un momento di orgoglio, ne sono certo».

Un momento di orgoglio che non voglio assolutamente condividere con lui. «Sei sicuro di voler venire? Sarà noioso. Non conosci praticamente nessuno, a parte qualche mio amico».

«Nessuno della squadra di baseball?», mi chiede.

In realtà sì. Qualcuno c'è, e assolutamente non voglio che lui gli ronzi intorno. Tende sempre a ficcarsi in discussioni accese ogni volta che parla di baseball, e in particolare della sua carriera da professionista.

Ma merda, come posso dirgli di no? È pur sempre mio padre.

«Qualcuno, ma non molti», rispondo con lo sguardo fisso sulla strada. Non mi sono neanche preoccupato di mandargli un invito per domani. Mi chiedo se non si sia incazzato. E se questo non sia uno strano modo per vendicarsi del fatto che l'ho ignorato.

Non mi stupirebbe. È da lui.

«Ho visto un annuncio sul giornale», spiega. Vive ancora nella San Francisco Bay Area, dov'è nato e cresciuto. Siamo stati entrambi fortunati a essere ingaggiati da squadre professioniste vicine alla zona in cui siamo nati. Papà ha sempre attribuito questo fatto alla "maledizione dei DeLuca" – una definizione appropriata, visto che le nostre carriere sono entrambe finite di merda. «E ho visto che l'inaugurazione ci sarebbe stata domani. Non potrò esserci agli eventi pomeridiani – ho visto che hai organizzato un tour, una degustazione e parecchie altre cose – ma sarei felice di partecipare alla festa di domani sera».

«Si può fare», dico, pentendomene all'istante. Spero che non sia un errore.

«Bene, fantastico! Non vedo l'ora di vederti. È passato troppo tempo, figliolo. Mi manchi».

Sì, certo. «Anch'io sarò felice di vederti, ma capirai che sarò impegnato tutta la sera e non avrò molto tempo per chiacchierare». E non avrò molto tempo neanche per rivangare i nostri trascorsi spesso turbolenti. Gli piace da morire trascinarmi in una spirale di sensi di colpa.

Il nostro rapporto è incasinato da morire, giuro.

«Certo che ti capisco», mi rassicura. «Sarò lì solo per crogiolarmi nella tua gloria, come un padre orgoglioso. Non rovinerò la tua festicciola, promesso. Non devi preoccuparti».

Il fatto che descriva l'evento di domani come "la mia festicciola" mi dà ai nervi, che stronzo. Sono sicuro che

lo abbia detto di proposito. Non credo a una parola di quello che dice.

E odio sentirmi così.

Appena chiudiamo, mi fermo a pensare come gestire mio padre. Mi chiedo se Bryn mi aiuterebbe. Ma se mio padre si ritrovasse davanti Bryn, probabilmente ci proverebbe con lei, umiliandola.

Già. Non voglio correre questo rischio. Ma che posso farci? È come se papà avesse bisogno di una babysitter a tempo pieno, e solo in poche riuscirebbero a domarlo.

Comunque non voglio assolutamente costringere Bryn ad affrontare quello stronzo di mio padre.

Capitolo 6

Matt

«Questo posto è fantastico, amico». Archer mi dà una pacca sulle spalle così forte che faccio un passo avanti con una smorfia, appena una fitta di dolore si spande dal mio ginocchio. Fa ancora male. Ha sempre fatto male. «Ce l'hai fatta. Scommetto che da domani la Cantina DeLuca sarà sulla bocca di tutti».

«Grazie, ma siamo solo all'inizio», commento, pessimista come al solito mentre controllo che tutto vada per il verso giusto. I terreni sono gremiti di persone, il parcheggio è pieno di macchine, compreso quello in terra battuta che abbiamo predisposto per l'evento.

Mio padre non è ancora arrivato, e questo mi preoccupa da morire, ma non posso lasciarlo trapelare. Magari non verrà. Ma temo che non sarò così fortunato. Lui sì che sa far calare il gelo su una festa, grande o piccola che sia.

L'immagine di mio padre che fa irruzione alla festa ubriaco e mi fa passare per un vero idiota mi mette in agitazione. Ho bisogno di fare qualcosa che allenti la tensione, e in fretta.

«Vedi sempre tutto nero, coglione. Su con la vita!»,

dice Gage alzando il calice verso di me prima di bere un sorso di cabernet DeLuca.

«Quanto sei volgare», lo rimprovera Marina mentre lo prende sottobraccio. «È una festa meravigliosa, Matt. Sono tutti molto colpiti».

«Grazie, Marina». Le sue parole significano molto per me, perché proviene da una delle famiglie più antiche della zona. Se c'è una persona che sa che aria tira nella Napa Valley, quella è Marina Knight. Il fatto che sia riuscito a farle una buona impressione e che lei abbia sentito solo commenti positivi dalle persone che conosce, mi fa tirare un sospiro di sollievo.

Per il momento, almeno.

Il mio nome è sull'etichetta, sull'insegna della tenuta, sull'edificio. È quasi surreale poter vedere finalmente il frutto di mesi e mesi di duro lavoro, lacrime e sangue.

Gli eventi della giornata si sono susseguiti senza intoppi. La visita ai vigneti è stata un successo, vi hanno preso parte parecchie persone, tra cui un gran numero di giornalisti del posto. La degustazione è stata un'esperienza snervante, ma presto si è trasformata in una vera liberazione. Quasi tutti hanno apprezzato ciò che hanno bevuto, a parte un gruppetto di scettici, ma c'era da aspettarselo.

Bryn ha guidato la degustazione, composta ed elegante, attenta e vivace. Ha incantato tutti, mentre parlava in termini entusiastici del vino, della Cantina DeLuca e di cosa rappresenterà per la Napa Valley negli anni a venire. Cavolo, ha convinto persino me.

È stata praticamente perfetta, e non ho neanche avuto

l'occasione di ringraziarla o farle i complimenti. Ancora non l'ho vista arrivare, stasera, e sono sorpreso. Pensavo che fosse già qui.

Ho bisogno che sia già qui.

Gage e Marina si avviano verso uno dei buffet, e io mi guardo intorno, scrutando la folla. Ho notato che il piccolo complesso che suonerà live ha appena finito di accordare gli strumenti ed è pronto per suonare. Il tempo è perfetto, stasera, non troppo freddo, anche se ho fatto accendere le stufe da esterno per mitigare un po' l'aria. Una leggera brezza fa frusciare le imponenti querce disseminate per la tenuta. Le lanterne bianche legate agli alberi che circondano il cortile rischiarano la festa con una luce soffusa. Davanti a ogni angolo bar allestito nel cortile c'è una lunga fila di persone che vogliono un bicchiere dei nuovi vini DeLuca. I camerieri si fanno largo tra la folla con i loro vassoi, offrendo stuzzichini c calici di spumantc.

È tutto organizzato alla perfezione, e devo riconoscere gran parte del merito a Bryn. Ma dov'è?

«Matt! La tua festa è favolosa». Ivy mi raggiunge, preceduta dal suo pancione. Archer è al suo fianco mentre mi abbraccia avvolgendomi in una nuvola di profumo. «È tutto così meraviglioso che non riesco a credere ai miei occhi. Dov'è Bryn? Voglio fare i complimenti anche a lei. Si è spesa talmente tanto per te».

«Hai ragione. E anche tu hai fatto uno splendido lavoro». La bacio sulla guancia prima di liberarla, grato per il suo contributo. È tutto magnifico anche per merito suo. Le sue capacità e la sua esperienza come arredatrice erano proprio ciò di cui avevo bisogno per assicurarmi che interni ed esterni avessero un aspetto moderno pur rispettando il passato e l'autenticità della cantina.

«Sono così felice che ti piaccia». Sorride, poi nota Marina e Gage che aspettano in fila. «Torno subito, devo parlare con Marina».

Archer e io la guardiamo allontanarsi, poi Archer si volta verso di me con un sorrisetto compiaciuto stampato in faccia. «Già scopato con la segretaria?».

L'imbarazzo mi fa correre un brivido lungo la schiena. «Di cosa diavolo stai parlando?»

«Oh, non fingere. So che la tua assistente ha una cotta per te, e ho sentito dire che è ricambiata». Archer beve un sorso di vino. «Ad Ivy piace parlare. Lei e Miss James sono diventate molto amiche».

«Cosa ti ha detto Ivy?». Non posso credere che Bryn abbia raccontato a Ivy cosa è successo un paio di sere fa, quando l'ho baciata e allontanata da me.

«Non molto, in realtà. Solo che voi due passate fin troppo tempo insieme e che Bryn ha finalmente deciso di rifarsi il guardaroba e prendere un po' di coraggio. Ho sentito dire che quando la vedrai con il vestito che indosserà stasera finirai con il culo per terra», mi avverte Archer.

Deglutisco a fatica. Fantastico. Quindi indosserà un vestito che la farà sembrare ancora più perfetta? Posso reggere il colpo. Non c'è problema.

O almeno spero, cazzo.

Oggi pomeriggio non si è messa uno dei suoi scialbi

completi beige, e le sono stato grato per questo, anche se mi ha colpito così tanto che probabilmente non ci avrei neanche fatto caso. Era vestita alla perfezione, con un vestito viola aderente e i capelli raccolti in un'elegante coda che non era austera come suo solito. Era bellissima. Sicura di sé ed elegante, e ha rappresentato a meraviglia la Cantina DeLuca.

«È la mia assistente, tutto qui», dico ad Archer cercando di convincere anche me stesso. «So che hai visto le foto di quando è andata dal parrucchiere e mi hai preso per il culo fino alla morte, ma non posso farci niente. Lavora per me. Non succederà niente tra noi, è troppo rischioso, potrei finire nei guai in un istante. Se mi si rivoltasse contro sarei fottuto, potrebbe accusarmi di molestie sessuali».

«Ah, capisco. Allora parlane anche con Ivy, perché lei è ancora determinata a farvi mettere insieme», commenta Archer, scrutando pigramente la folla come ho fatto io pochi minuti fa. «Ehi, non è lei quella? La tua Bryn?».

Il mio sguardo segue gli occhi di Archer e rimango a bocca aperta con gli occhi spalancati, appena la vedo.

Cavolo, è... assolutamente meravigliosa. Se già pensavo che fosse sexy quando lunedì si è presentata in ufficio con quel vestito nero a fiori, adesso è fottutamente sensazionale. Non ci sono altre parole per dirlo.

«Sì, è lei», rispondo, guardandola percorrere il cortile e girare la testa da una parte all'altra per osservare tutto. Un sorriso appena accennato le incurva le labbra truccate e si scosta i capelli da una spalla quando si ferma a parlare con un uomo, ride a una sua battuta e gli dà una pacca sulla spalla prima di proseguire.

La gelosia mi assale, e continuo a ripetermi di scacciarla via. Può guardare e parlare con chi vuole, dal momento che non stiamo insieme. Cavolo, in realtà anche se stessimo insieme non avrei il diritto di dirle cosa fare e con chi parlare.

Ma vorrei poterlo avere. Ragiono come un uomo di Neanderthal, ma dannazione, voglio che Bryn sia mia.

«Cazzo è uno schianto, amico», mormora Archer. «Se rinunciassi al milione di dollari per un bocconcino del genere avresti tutta la mia approvazione».

Un moto di rabbia m'incendia il sangue nelle vene e lancio un'occhiataccia ad Archer. «Non parlare di lei in questo modo, stronzo. Potresti almeno mostrare un po' di rispetto nei suoi confronti», gli dico con un tono glaciale.

«Oh, non scaldarti tanto», dice Archer mentre scuote la testa sorridendo. «È incredibile come noi uomini ci trasformiamo tutti in cavernicoli quando siamo con la donna di cui siamo innamorati».

«Non ho mai detto di essere innamorato di Bryn». Ho lavorato con lei per sei mesi e mi sono accorto di lei solo ora, anche se il suo profumo mi ha fatto impazzire fin dal primo giorno. Ma non sono assolutamente innamorato di Bryn. È passato troppo poco tempo.

Ma non posso negare di essere attratto da lei. Da quando ci siamo baciati, non riesco a smettere di ripensare al suo sapore, a cosa ho provato quando l'ho stretta tra le braccia.

«Come no, allora smettila di guardarla come se volessi leccarla dalla testa ai piedi». Archer scoppia a ridere appena lo folgoro con lo sguardo. Ha quasi fatto centro. «Vedi? Ti piace, DeLuca. Ma va bene così. Puoi anche ammetterlo. E appena andrete a letto insieme, assicurati di farcelo sapere, così possiamo annullare la scommessa una volta per tutte».

«Scordatelo, vincerò quella scommessa, a qualunque costo», gli dico convinto.

«Continua a sognare», ribatte Archer dandomi una pacca sulle spalle come ha fatto Gage poco fa. Solo che stavolta riesco a mantenere l'equilibrio. «Sarebbe ora che mostrassi un briciolo di interesse per una ragazza. Sei single da troppo tempo».

Quando Archer si allontana non me ne accorgo neanche. Continuo a fissare Bryn, che attraversa il cortile facendosi largo tra gli ospiti, e a quanto pare viene dritta verso di me. L'abito che indossa le sta d'incanto. Un audace lampo color magenta che spicca tra la folla per lo più vestita di nero. La morbida stoffa le fascia in modo adorabile fianchi e seni. Ha le braccia scoperte, le spalline sono sottili e la gonna arriva poco sopra il ginocchio.

Quel colore le sta divinamente e fa spiccare il leggero rossore che le ravviva le guance. Ha i capelli pettinati in lunghi boccoli neri come la notte. Mi vede e un sorriso riservato le incurva le labbra seducenti, mentre cammina verso di me su scintillanti sandali color argento con tacchi a spillo vertiginosi.

Sembra una principessa delle favole, spedita su questo mondo solo per me e solo per questa notte. Vorrei prenderla per mano, mandare al diavolo gli invitati e trovare un luogo appartato dove poter stare da solo – e nudo – con lei.

Cosa diavolo c'è che non va in te?

Bryn James. Ecco cosa c'è che non va in me. Il problema? Che mi piace questo problema. Cavolo, mi piace da morire. Non dovrei desiderarla, ma non posso farne a meno. Non dovrei pensare a lei in questo modo, ma è più forte di me. Maledizione, me la sogno la notte. Sogni peccaminosi e accaldati che mi fanno smaniare per lei a ogni risveglio.

«Scusa il ritardo», dice fermandosi davanti a me. La brezza porta il suo profumo, dolce e delizioso, e inspiro più discretamente che posso. Il mio uccello si contrae, e lo costringo a rilassarsi. Questo non è assolutamente il momento, ma lui ha altri progetti, progetti che vedono coinvolti Bryn e me, entrambi nudi. «Sono dovuta tornare a casa a cambiarmi in tutta fretta, e per tornare qui ho trovato un traffico pazzesco».

«Non ti sei persa granché», le dico facendo vagare pigramente lo sguardo prima di posarlo sul suo seno. Tutta quella pelle scoperta è una fottuta distrazione. «Sei splendida».

Bryn mi rivolge un ampio sorriso e il mio corpo s'irrigidisce. «Anche tu».

Indosso un completo elegante, e mi sento a disagio come al solito, ma accetterò il suo complimento. «Grazie. Ti ho già detto che penso tu abbia fatto un lavoro fantastico oggi pomeriggio, alla degustazione?»

«Davvero? No, non ne abbiamo parlato, ero così in ansia». Il suo sguardo si fa sempre più scintillante mentre mi osserva. «Pensi davvero che abbia fatto un buon lavoro?». Sembra che il mio complimento l'abbia colta di sorpresa. Non si rende conto di quanto è importante, per l'azienda e… per me?

Forse no.

«Hai guidato il gruppo con professionalità e hai parlato così bene dell'azienda… Eri perfetta». Sorrido, tentando di resistere all'impulso di toccarla.

Il suo volto si rasserena. «Fiuu. Grazie a Dio. Ero davvero preoccupata».

«Non capisco perché. Eri calma e te la sei cavata alla grande. E francamente sono convinto che non potresti mai deludermi», confesso prima di riuscire a trattenermi.

I suoi tratti si addolciscono, gli occhi risplendono emozionati. Cristo, è sensazionale, dolce, e mi ricorda la notte in cui l'ho baciata "per errore". «Grazie, Matt. Queste parole significano molto per me». Esita per un istante, distoglie lo sguardo da me e osserva la festa, che prosegue indisturbata davanti ai nostri occhi. «Hai fatto uno splendido lavoro. Hai pensato a ogni cosa ed è tutto meraviglioso».

«Bello, vero? E il tuo contributo è stato fondamentale, lo sai».

Mi guardo intorno, orgoglioso. Pare proprio che si stiano divertendo tutti. Ma abbiamo ancora diverse ore davanti a noi.

«Sembra quasi incredibile che questa giornata stia

per finire», dice mordicchiandosi il labbro inferiore mentre volge di nuovo gli occhi verso di me.

Dannazione. Voglio stringerla ancora. Baciarla fino a farle perdere la ragione, fino a far*mi* perdere la ragione. Averla qui accanto a me, con questo vestito che probabilmente dovrebbe essere dichiarato illegale, sta facendo crollare ogni mia resistenza.

Voglio stare da solo con lei. Ora.

Davvero?

Davvero.

«Ti dispiace venire un attimo nel mio ufficio?», le chiedo, cercando disperatamente una scusa plausibile. Non dovrei farlo. Non dovrei abbandonare la festa; la serata più importante della mia vita.

Una serata che potrebbe andare a rotoli se mio padre si presentasse e facesse una di quelle fesserie che gli riescono così bene.

Bryn si acciglia. «Per quale motivo?»

«Ho dimenticato una cosa, e ho bisogno che mi aiuti a trovarla». Non regge, ma non m'importa. Ho bisogno di stare con lei. Da solo. Solo per un momento.

«Ehm, ok. Non pensi che sia rischioso lasciare entrambi la festa, nello stesso momento?». Bryn è titubante, ma non posso permettere che questo mi freni.

La prendo per mano e la conduco verso l'ufficio, assaporando il modo in cui le sue dita stringono le mie. «Ci vorranno solo pochi minuti. E poi ci sono anche gli altri dipendenti, e Archer tiene sempre gli occhi ben aperti».

Bryn non ribatte.

Entriamo negli uffici, ma non mi preoccupo di accendere le luci; le innumerevoli ghirlande luminose appese fuori rischiarano l'interno quanto basta. Porto Bryn nel mio ufficio, e lascio la sua mano appena entriamo.

«Cosa stai cercando di preciso? Così posso aiutarti...», mi chiede.

Il senso di colpa per averla ingannata mi divora, ma me ne libero in fretta. Chi se ne frega. «Non mi sono dimenticato nulla, Bryn. È che... volevo stare da solo con te».

Le sue labbra si schiudono mentre mi fissa, ma non dice una parola.

E il suo silenzio mi incoraggia ad andare avanti.

Finalmente.

Bryn

«Non dovrei farlo», dice Matt avvicinandosi a me con passo deciso, mentre io comincio lentamente a indietreggiare, paura ed eccitazione fremono dentro di me, offuscandomi la mente.

«Non dovresti fare cosa?». Sollevo la testa, il mio sguardo incontra il suo, e vedo tutte le contrastanti emozioni che lo agitano impresse nei suoi occhi, il profilo severo del suo mento e la sua bocca seducente.

Quest'uomo fa sul serio, non sono sicura di cosa abbia in mente, ma posso immaginarlo. Continuo a indietreggiare, sempre più veloce, per scappare dall'intensità irresistibile che mi incalza, finché le mie natiche non incontrano la parete.

Sono in trappola. La migliore che si possa immaginare.

Nel suo ufficio, sola con lui, al buio, nel luogo dove tutto è cominciato.

«Mi hai fatto impazzire fin dall'istante in cui sei arrivata, stasera», ringhia fermandosi a un passo da me.

L'ho fatto? Vorrei chiedergli, ma le mie labbra restano serrate. Sono appena arrivata e in più sembrava che lui si fosse a malapena accorto di me, e neanche volevo che lo facesse. Non dopo il fiasco di due sere fa.

O almeno è questo che mi racconto.

«Non capisco come sia possibile, sono appena arrivata», dico, e un'ondata di panico divampa dentro di me appena vedo i suoi occhi farsi più scuri.

È ciò che voglio? Ce la metto tutta per guadagnarmi il suo rispetto e alla fine mi caccio di nuovo nei guai. Sono confusa. Voglio che il mio capo mi stimi come assistente, ma voglio anche che veda *me*. Che mi veda davvero. Non solo come l'affidabile ed efficiente Miss James che gli rende la vita più facile. Voglio che Matt mi veda come una donna. La donna che desidera.

Per un luminoso istante l'ha fatto. È stato un disastro, ma eccomi qui, di nuovo sola con lui.

Chi gioca col fuoco…

Non mi sarebbe potuta venire in mente immagine più appropriata, vista la passione ardente nello sguardo di Matt.

«Fidati. Tu sei una distrazione di cui non ho assolutamente bisogno», la sua voce è profonda, sexy.

Un fremito mi scuote, ma non cedo. «Non ho fatto

altro che spaccarmi la schiena per te tutto il giorno. Ti prego, adesso non dirmi che sei improvvisamente arrabbiato con me», rispondo piccata, ma arrossisco appena queste parole mi escono di bocca. Tutta colpa della mia frustrazione per questa ridicola storia. Questo tira e molla comincia a stancarmi, non so quanto reggerò ancora.

Sono esausta, per settimane, se non mesi, ho vissuto solo per questa inaugurazione e anche se sono appena arrivata vorrei solo poter tornare a casa e rannicchiarmi nel letto. Tirarmi le coperte sopra la testa e dormire per un mese.

Ma se una certa persona volesse unirsi a me, di certo non dormirei – ci sarebbero solo due corpi nudi, baci mozzafiato e delizioso sesso bollente.

Tutto il mio corpo arrossisce al solo pensiero.

«E io apprezzo che tu l'abbia fatto, Bryn, dico davvero», ribatte pigramente abbassando lo sguardo. Come se in realtà stesse cercando di capire come sta adesso la mia schiena. Il suo tono provocante mi sconvolge, abbattendo ogni mia difesa.

Il nostro rapporto non è mai stato così. Abbiamo fatto in modo che restasse su un piano strettamente professionale, a parte quel piccolo "incidente" di cui non abbiamo mai parlato. Riesco ancora a sentire le sue labbra sulle mie, ma ora non tirerei mai fuori l'argomento.

Ma dalla sua ultima frase si direbbe che ci sta provando con me. E dal modo in cui mi guarda, poi…

Oh. Mio. Dio.

Le mie guance avvampano appena si ferma subito davanti a me. Posso sentire il calore del suo corpo, il suo profumo inebriante, e serro le labbra per evitare di dire qualche sciocchezza.

Dio, ti desidero. Così tanto che il mio corpo muore dalla voglia di essere toccato da te.

Già. Come in quegli stupidi romanzi d'amore. Quelli che trovavo sempre sul comodino di mia nonna quand'ero piccola. Ho sempre pensato che quelle emozioni fossero esasperate. Che fosse impossibile provarle nella vita reale.

E invece mi sento così. Proprio ora. Di nuovo. Con Matthew DeLuca. E il modo in cui mi guarda mi fa pensare che sia lo stesso anche per lui.

«Quindi, ehm, in che modo t-ti avrei fatto impazzire?». Deglutisco a fatica. Balbetto come un'idiota, e cerco di far rallentare i battiti del mio cuore, ma invano. Ci fissiamo in silenzio, si sentono solo i nostri respiri affannati, e poi lui solleva un braccio. Le sue dita si posano sulla mia guancia, mi accarezzano il volto.

Serro lentamente le palpebre e schiudo le labbra, un piacere intenso mi travolge appena mi sfiora. Le mie dita si tendono contro la parete come per cercare un appiglio, perché ho paura che potrei crollare a terra se non lo facessi.

Sento il suo profumo. Il suo corpo. Siamo già stati così vicini, ma mai in questo modo. La prima volta è successo per caso – è stata un'imprudenza che non ha portato altro che delusione.

Non voglio rischiare ancora. Non so se riuscirei a riprendermi.

Ma voglio tutto questo. Voglio lui.

«Sei bella da morire, stasera», sussurra, la sua voce ruvida mi fa venire la pelle d'oca.

«Grazie», dico, perché non so cos'altro fare. Apro gli occhi e lui è ancora più vicino a me, con un braccio appoggiato al muro e l'altro che continua ad accarezzare il mio viso. Piego indietro la testa, incontro il suo sguardo, e sbatto le palpebre appena il suo pollice sfiora il mio labbro inferiore.

«È una vera tortura resistere alla tentazione di baciarti», ammette con voce roca, i suoi occhi ardenti scrutano il mio volto, poi scendono, posandosi sul seno. I miei capezzoli si tendono sotto la stoffa serica del vestito e una fitta improvvisa mi ricorda che sono praticamente nuda. Niente reggiseno, niente mutandine...

Questo abito è la sola barriera tra le mani di Matt e la mia pelle.

Dio, quanto lo voglio. Davvero. Voglio sentire le sue mani percorrere il mio corpo. Voglio la sua bocca sulla mia, soprattutto ora che è chiaro che mi desidera quanto io desidero lui.

Per una volta sarò audace. Voglio vedere come reagirà quando lo inviterò a fare ciò che vuole.

«Cosa ti trattiene? Ci siamo già baciati». Allungo un braccio, le mie dita scivolano sulla sua cravatta nera. Non riesco a credere di aver detto una cosa del genere. Non riesco a credere che lo sto toccando, anche se in realtà sto solo accarezzando la sua cravatta. Nulla più.

Ma posso comunque sentire il suo corpo caldo e forte sotto la camicia, il battito del suo cuore, il profumo della sua pelle. Un senso di liberazione s'impossessa di me. Abbiamo girato intorno a quest'attrazione, soprattutto negli ultimi giorni, e mi sento come se finalmente ci stessimo arrendendo. Di nuovo.

Be', in realtà, *io* ci ho girato intorno. Lui è sempre sembrato indifferente nei miei confronti.

Magari invece non lo è. E a giudicare dal suo comportamento, non lo è affatto.

«Sono *io* che mi trattengo. O almeno dovrei», dice cingendomi la vita con entrambe le mani mentre si avvicina ancora di più, le nostre gambe sono intrecciate, i nostri corpi si sfiorano. Trattengo il respiro, per paura che possa mettere fine a questa conversazione in modo del tutto deludente.

Ma non dice nulla. E invece china la testa, la sua bocca si posa sulla mia. Dolcemente. Il suo bacio annulla tutto, ogni mio pensiero, ogni mia ansia e preoccupazione, e mi lascio divorare dai suoi sospiri, dalla sensazione delle sue mani su di me, dal suo odore. Mi circonda, mi travolge, e quando la sua lingua affonda nella mia bocca, mi perdo.

E solo Matt potrà ritrovarmi.

Quando la sua bocca si allontana dalla mia per scivolare lungo il collo, il suo gemito sexy e profondo mi fa vibrare. Sembra che riesca a controllarsi a stento, e avvolgo le braccia intorno al suo collo, affondo le mani tra i capelli folti, le mie dita s'intrecciano alle sue ciocche soffici per stringerlo a me, come se non mi bastasse mai.

E il modo in cui mi bacia mi lascia pensare che anch'io non gli basti mai. La sua bocca torna sulla mia e mi divora. Un bacio così intenso, profondo e bollente che mi consuma.

Lo adoro. Voglio di più. Mi stringo a lui, premo il mio corpo contro il suo e vorrei che le sue mani scivolassero sotto il mio vestito. Voglio vedere la sua reazione quando scoprirà che non indosso reggiseno, né mutandine, niente sotto di esso.

Ho la sensazione che non gli dispiacerà affatto.

«Dio, Bryn, sei fantastica», dice appena si stacca da me per riprendere fiato. La sua mano si allontana dalla mia vita e scivola su, lungo le costole, per posarsi subito sotto il seno. Si scosta leggermente da me, per contemplare i miei capezzoli dolorosamente tesi sotto la stoffa leggera del mio vestito, e solleva l'altra mano. Le sue dita percorrono il profondo scollo a V dell'abito, il suo tocco è leggero come una piuma mentre mi accarezza la pelle, facendola formicolare.

Chiudo gli occhi con un sospiro, assaporando il suo tocco audace e delicato. Le sue dita s'insinuano sotto la stoffa, si stringono sul mio seno, ed emette un gemito di piacere appena scopre che non indosso il reggiseno.

La sua mano ruvida gioca con il mio capezzolo, facendomi impazzire di desiderio, e le mie braccia, intrecciate dietro il suo collo, scivolano lungo i suoi fianchi mentre mi inarco contro le sue dita con gli occhi serrati. Non oso guardarlo, per paura che possa abbandonarmi appena si renderà conto di cosa stiamo facendo.

E poi mi bacia di nuovo, le sue mani si stringono sul mio volto tenendomi ferma. Potrei sciogliermi. Con i pollici mi accarezza le guance, il suo tocco è delicato, accoglie il mio volto tra le sue dita come se… mi amasse. Nessun uomo mi ha mai stretto o baciato così. Gli cingo la vita con le braccia aggrappandomi a lui, e sospiro sulle sue labbra *ti prego, non fermarti, non fermarti*, appena resta immobile. Solleva la testa e la piega da una parte, verso la finestra.

«Hai sentito anche tu?», mi chiede sottovoce.

Al di là delle mie suppliche e del desiderio assordante innescato dalle sue labbra, non sento nulla. Oh, ci sono gli invitati alla festa, qui fuori, le loro chiacchiere non sono che un sommesso brusio nella quiete del suo ufficio. E un accenno di musica in lontananza, ma tutto qui.

«Giuro che ho sentito urlare il mio nome». Mi bacia il naso, una guancia, poi l'altra. «Sembrava mio padre», sussurra.

«Davvero?». Mi bacia la fronte, l'orecchio, il mento. Dolci, piccoli baci che fanno fremere d'impazienza le mie labbra. «Non sapevo che sarebbe venuto».

«Ho dimenticato di dirtelo». La sua bocca stavolta si posa sulla mia per lunghi, deliziosi istanti, prima di allontanarsi. «Non pensavo che si sarebbe fatto vivo. Più che altro speravo che non lo facesse».

Sono persino sorpresa che l'abbia invitato. A giudicare da quello che mi ha detto Ivy, i loro rapporti sono a dir poco tesi.

Poi lo sento. Un grido profondo, feroce:

«Matthew DeLuca, dove cazzo sei, figliolo?».

Lo sente anche Matt – chi non lo sentirebbe? Il suo corpo s'irrigidisce e si allontana. Sento subito freddo, ora che non è più accanto a me.

«È lui», dice cupo. «Devo andare».

«Vengo con te. Vuoi che ti aiuti?». Allungo un braccio verso di lui, ma ha fatto già un altro passo indietro e non riesco neanche a sfiorarlo.

Si sta chiudendo in se stesso proprio di fronte a me, ed è terribile vederlo reagire così, ma non posso biasimarlo.

Deve andare a tenere a bada suo padre, e in fretta.

«Torna dagli invitati e assicurati che si stiano divertendo. Io intanto proverò a evitare che si renda ridicolo e mi faccia fare la figura del cretino, rovinando tutto», mugugna Matt prima di voltare i tacchi e scappare via.

Mi accascio contro la parete, il mio cuore batte all'impazzata, le mie labbra ancora formicolano per i suoi deliziosi baci. Devo ricompormi. Radunare pensieri ed emozioni e indossare la maschera della padrona di casa.

Devo aiutare Matt. È teso. L'ultima cosa di cui ha bisogno è una scenata di suo padre.

Così metto da parte il vortice di emozioni che mi scombussola, stringo le ginocchia ancora tremanti per alzarmi in piedi e mi passo una mano sulla gonna prima di avviarmi verso il cortile.

Capitolo 7

Matt

«Ecco dov'eri! Ti ho cercato dappertutto!», dice mio padre barcollando verso di me.

«Bene, mi hai trovato». Lo afferro per un braccio per tenerlo in equilibrio. Puzza come uno che si è scolato un intero bar prima di arrivare qui e mi fa ribrezzo. È una bella rottura che si presenti a una delle serate più importanti della mia vita e della mia carriera ubriaco fradicio. Ma cosa potevo aspettarmi? Non si è mai preoccupato di me o della mia reputazione; è solo un vecchio egoista bastardo.

«Dov'è il vino?», chiede a voce alta, richiamando l'attenzione di più di un invitato. «Voglio un assaggio di quella merda che stai distillando».

Non conosce neanche il termine esatto. «Penso che per un po' tu debba smettere di alzare il gomito!», dico, mentre tento, con successo, di accompagnarlo verso il tavolo carico di cibo. Deve mangiare e prendere un caffè forte, qualsiasi cosa che diluisca l'alcol che ha in circolo e che in qualche modo lo faccia tornare sobrio.

«Non dirmi quello che devo fare». Si divincola dalla mia presa e punta dritto al tavolo dove volevo assolutamente che andasse, afferra un piattino e inizia a riempirlo all'infinito di stuzzichini.

Non lo perdo di vista, mentre continuo a sorridere e chiacchierare con tutti quelli che conosco o riconosco. Sento come se non riuscissi ad allontanarmi da lui, che poi è una cazzata bella e buona, soprattutto perché mi ha costretto a lasciare nel mio ufficio una donna totalmente consenziente.

Non che sarei rimasto lì a fare sesso con lei quando avevo da seguire la festa ma...

La mia mente torna a Bryn e a come era bello averla tra le braccia. Solo un attimo fa avevo la mano sotto il suo vestito, le toccavo il seno, giocherellavo con un capezzolo senza che neanche protestasse. Anzi, si è contorta al mio tocco, emettendo piccoli gemiti di piacere. Era meravigliosa con quel vestito, i lunghi capelli sciolti, le labbra socchiuse ad ansimare mentre la pizzicavo delicatamente.

Diavolo. Voglio di più. Voglio riportarla da me, spogliarla e baciare ogni centimetro della sua pelle nuda. E invece sto qui a fare da balia a un padre ubriaco.

Cazzo, la vita a volte è proprio ingiusta.

«Ma questo qui è un vero banchetto», dice mio padre afferrando il piatto già strapieno. «Quanto ti è costato tutto questo?».

Dannazione, mi sento morire dalla vergogna, sta parlando a voce altissima. «Non ti preoccupare, papà, ho tutto sotto controllo», lo rassicuro.

«Ehi, moccioso, mi vuoi dire quanti soldi hai speso per questa bella baldoria che non serve a niente? Non che abbia importanza, comunque. Non mi interessa quello che fai con i tuoi soldi. Ti ho già dato la tua parte di eredità, ma adesso basta. Ti escludo dal testamento. Ogni altra cosa dovrai guadagnartela onestamente!». Barcolla verso di me e quasi fa volare via il patto che gli tolgo dalle mani. Dopodiché aspetto che riprenda l'equilibrio e si raddrizzi.

Una rabbia cieca mi fa ribollire il sangue nelle vene che diventa fuoco vivo. Lo voglio uccidere. Mettergli una mano intorno al collo e stringere fino a quando non smette di respirare. Ovviamente non sarei mai in grado di fare una cosa del genere, ma ogni volta che si comporta così, vale a dire quasi ogni volta che ci vediamo, si fa odiare un po' di più.

Il mio rapporto con lui, però, è molto più complicato di così. Gli voglio anche bene. Tuttora cerco la sua approvazione nonostante i problemi che mi causa.

E Vinnie DeLuca causa una montagna smisurata di problemi ovunque va.

«Cerchiamo un posto a sedere», gli dico afferrandolo di nuovo per il braccio e guidandolo verso i tavoli dove gli ospiti siedono e mangiano. Si divincola ancora dalla mia presa, masticando una serie di imprecazioni di protesta, ma lo ignoro. Possiamo anche essere della stessa stazza, ma io sono più giovane e più forte.

«Mi stai trattando come se mi volessi buttare fuori a calci, ragazzo», dice quando lo spingo verso una sedia. Grazie al cielo c'è un tavolo vuoto. Ci manca solo che si metta a blaterare con gli ospiti.

«Sto solo cercando di aiutarti, papà», dico a denti

stretti. Mi guardo intorno per controllare se qualcuno ci sta guardando, i giornalisti in particolare, ma, a quanto pare, quasi nessuno fa caso a noi.

Grazie al cielo.

«Mr DeLuca, che piacere vederla!». Bryn compare davanti al tavolo, un angelo in rosso, con una tazza di caffè tra le mani. Il sorriso sul suo viso brilla quanto i suoi occhi, con i quali mi scocca un'occhiata eloquente, prima di rivolgerli di nuovo a mio padre.

«Bene bene! E chi è questa graziosa giovincella?». Mio padre le toglie la tazza dalle mani e beve un sorso, poi, quando si accorge di cosa c'è dentro, fa una smorfia. «Caffè?»

«Decaffeinato, corretto con whisky». Bryn gli fa l'occhiolino, poi lo fa a me, e capisco che è una stronzata bella e buona, detta solo per farlo contento. Oddio, avrei voglia di abbracciarla. E baciarla.

Non che mi serva una scusa. Il mio corpo ancora freme per i baci che ci siamo scambiati.

«Grazie», dice mio padre vuotando mezza tazza in pochi sorsi. «È buono».

«Miss James è famosa per fare il migliore caffè della zona», dico sperando che lei riesca a cogliere dal tono tutta la mia gratitudine.

«La conosci, ragazzo?»

«È la mia segretaria». Poi faccio un gesto con la mano dall'uno all'altra. «Papà, lei è Bryn James. Bryn, ti presento Vinnie DeLuca».

«È un vero piacere conoscerla», dice Bryn prendendo la mano tesa di mio padre, battendo forte le ciglia verso di lui. Giuro di averle sentito l'accento texano. Ed è terribilmente sexy.

«Piacere mio». Mio padre sembra non voler allentare la stretta, tanto che lei deve tirar via la mano il più discretamente possibile, perché non se ne accorga. «Sei incantevole, cara. Di dove sei?»

«Why, Cactus, in Texas». Altro battito di ciglia, la voce resa smielata dal suo accento. Sta flirtando con mio padre e non so se esserne inorridito o grato.

Perché lei in realtà non vuole... *davvero* flirtare con mio padre, vero?

«Be' devi sapere che conoscevo una persona molto piccante che viveva vicino Cactus anni fa, quando lavoravo in una delle fattorie di quella zona. È stato tanto, tanto tempo fa, però». Mio padre si perde in un'espressione estatica, molto probabilmente ripensando a quei tempi e ai relativi piaceri.

«Magari la conosco. Quasi nessuno ha mai lasciato Cactus», commenta lei.

«Miss James, possiamo parlare un momento? In privato?». Poggio la mano sulla spalla di mio padre. «Ti possiamo lasciare da solo un momento, così puoi mangiare, vero, papà?»

«Naturalmente. Vai e fai quello che devi fare con la tua Miss James», dice agitando una mano e chiocciando maligno. «Sei sicuramente un ragazzo sveglio, più di quanto credessi, se hai assunto una sventola come questa. Scommetto che la rincorri intorno alla scrivania tutto il tempo, cercando di metterle le mani sul sedere. Io lo farei».

Bryn si irrigidisce, la sua espressione esterrefatta. E tutto accade proprio davanti ai miei occhi. Mi guarda, gli occhi leggermente spalancati, il petto che si alza e si abbassa al ritmo accelerato del respiro.

Non ho idea del perché quelle parole abbiano scatenato una reazione così evidente, ma, naturalmente, essendoci di mezzo mio padre, non è una novità. Quest'uomo offende le donne – tutte le donne – su base regolare.

«Dài, papà. Un po' di rispetto», dico scuotendogli energicamente la spalla.

«Sì, sì». E si butta sul cibo, senza dare il minimo segno di volersi scusare. E io mi sento una merda.

Questa serata sta andando di male in peggio, e tutto troppo in fretta.

Bryn

Matt mi porta verso un angolo in ombra a pochi passi dal cortile recintato, e ci fermiamo sotto una solida quercia che effettivamente non ha neanche un filo di luci tra i rami. Quando si gira a guardarmi vedo che si è fatto serio, quasi contrito.

«Ti chiedo scusa». Si passa una mano sul viso, apparentemente sconvolto nel profondo. «Mio padre è un vero stronzo… non riesco a credere che ti abbia parlato in quel modo».

«È tutto a posto», gli dico con dolcezza, il cuore ancora trafitto dalle ultime parole di Vinnie DeLuca. Il fatto è che sono arrivate così pericolosamente vicino alla verità, riportandomi alla mente il mio vecchio capo.

E mi ricordano che non sono cambiata per niente, nonostante quello che voglio pensare. Sono ricaduta nello stesso errore più di una volta, autodistruttiva a tal punto da chiedermi se non me le vada a cercare da sola questo tipo di attenzioni.

Sono davvero come una bambina tanto trascurata da desiderare un'attenzione di qualunque tipo, sia essa buona o cattiva?

«No, non è tutto a posto. Sei arrivata, fiera, prendendo egregiamente in mano la situazione e lui ti tratta in quel modo. È terribile». Matt sbuffa frustrato, le mani sui fianchi, lo guardo perso nel cortile. La musica ha ripreso il passo e la gente sta ballando. Il vino scorre a fiumi ed è apprezzato da tutti; i terreni sono ancora affollati. La festa sta andando alla grande.

E Matt se ne sta qui, così desolato e triste che tutto quello cui riesco a pensare è a quanto vorrei poterlo consolare.

Non farlo, Bryn. Non in pubblico. Sicuramente darà in escandescenze.

Ignorando le proteste della mia voce interiore, faccio un passo verso di lui e gli metto una mano sul petto. Riesco a sentire il cuore che batte forte e gli sorrido per rassicurarlo. «È solo un vecchio che resta attaccato ai propri schemi. Vuoi sapere quante persone del genere ci sono a Cactus?».

Sorride. «Ho notato che sei inciampata nel tuo accento texano mentre parlavi con lui».

«Davvero? Non ci ho fatto caso». Faccio scivolare il dito lungo la sua cravatta, e mi piace percepirne la solidità e la compattezza. Quanto vorrei vederlo nudo. So che ha un corpo per cui morirei. L'ho già visto online a torso nudo, sexy da morire, ma le cose in genere preferisco vederle dal vivo. In modo da poter passare le mani su tutta la sua carne bollente e soda.

«Ho molto apprezzato il tuo aiuto», dice con voce bassa e sexy, attizzando quella scintilla di desiderio che sembra bruciarmi dentro ogni volta che mi è vicino, tanto da farla diventare un incendio vero e proprio. «Sei stata grandiosa con lui. Anche quando ha iniziato a insultarti».

Mi scappa una piccola risata. «So bene come trattare gli uomini come tuo padre. Ho avuto a che fare con parecchi di loro». Troppi. Sembra quasi che non me ne sia mai liberata.

Si allontana di un passo da me, e abbasso la mano, scacciando la tristezza che mi morde. Mi sto comportando come una fidanzata, quando devo invece ricordarmi qual è il mio posto. Lavoro per lui. Sono la sua segretaria.

Questo è quanto.

«Chiederò ad Arch o Gage di intrattenerlo per un po' e distrarlo», dice Matt serio. «Sanno come prenderlo, lo hanno già fatto altre volte».

«Posso farlo io», dico e, non appena le parole mi escono di bocca, mi irrigidisco. Perché mi sto offrendo volontaria per sedere accanto a Vinnie DeLuca? Sono pazza?

Sì, pazza del tuo capo e faresti qualsiasi cosa per compiacerlo.

«Assolutamente no». Scuote la testa, ma glielo leggo negli occhi. È disperato. E se spupazzandomi suo padre posso alleviare il suo stress, lo farò.

Anche se così facendo mi prendo un bel rischio. Mi sono bastati solo pochi minuti in sua compagnia, per capire che Vinnie è molto più che detestabile.

«Me la vedo io con tuo padre. Sono molto più tosta di quanto non sembri», dico, sperando che mi dia ragione e che possa dimostrargli di sapermela cavare in qualsiasi situazione.

«Non lo so...». Si sfrega il mento, lo sguardo profondamente dubbioso.

«Permettimi di farlo per te», sussurro, deglutendo nel momento stesso in cui pronuncio quelle parole. Perché ho così tanta voglia di compiacerlo?

Perché ti piace, scema.

Gli scappa un sospiro e scuote la testa. «Ascoltami, se diventa rude o perde il controllo, cercami e me ne occuperò io. Non ti perderò di vista un solo istante per essere certo che non faccia pazzie». Poi mi guarda, probabilmente aspettandosi che io mi tiri indietro.

Ma non lo farò. Lo farò. Per lui.

«Andrà tutto bene. Non mi importa, davvero». Be' un po' sì, ma farei qualsiasi cosa per alleggerire Matt, soprattutto stasera. «Potrei sedermi accanto a lui, fargli passare la sbronza, speriamo, e convincerlo ad andare via. È questo che vorresti?».

Vedo il senso di colpa e la preoccupazione insinuarsi

nelle brune profondità dei suoi occhi. Lo capisco. Mia nonna è una pazza. La adoro, ma non vorrei mai stare in pubblico con lei, soprattutto in una serata importante come questa. Mi metterebbe terribilmente in imbarazzo.

«Effettivamente, sì. Penserai che sono uno stronzo a volermi liberare di mio padre, ma se riuscissi a farti ascoltare e magari a convincerlo ad andare via, sarebbe perfetto», dice alla fine.

«Farò il possibile». Mi giro e faccio per andare verso il tavolo dove è seduto Vinnie, quando Matt mi prende per mano e mi tira di nuovo a sé.

«Grazie». Solleva la mia mano e imprime un delicato, umido bacio sul dorso. Le ginocchia mi cedono quando vedo quella luce nei suoi occhi che mi guardano. «Di tutto».

«P... prego», balbetto. Già solo quando mi tocca e mi osserva come se volesse mangiarmi riesco a malapena a pensare, figuriamoci quando mi parla. Nessun uomo mi aveva fatto sentire così prima d'ora.

«Ci vediamo tra un po', okay? Devo socializzare e chiacchierare», dice lasciando andare la mia mano lentamente.

«Certo. È giusto. Non ho sentito che commenti positivi da tutti quelli con cui ho parlato, giuro. La Cantina DeLuca è un gran bel colpo». Gli rivolgo un breve sorriso prima di fuggire via, diretta al tavolo dove Vinnie siede masticando rumorosamente uno stuzzichino dopo l'altro. Mi vede, i suoi occhi si illuminano e batte la mano sulla sedia vuota accanto a lui.

«Vieni, bellezza, siediti accanto a me. Un bicchiere di vino? Qualcosa da mangiare?». Mentre mi siedo, mi porge il piatto come se volesse dividerlo con me.

«No, grazie», dico con dolcezza esagerata. Speriamo di riuscire a fingere e intrattenere il vecchio stronzo per un po'. L'ultima cosa che voglio è bere qualcosa insieme a Vinnie che è già ubriaco, né ho tanta fame dal momento che il nervosismo mi attanaglia lo stomaco.

«Da quanto tempo lavori per Matt?», mi chiede in tono amichevole.

«Be', lavoravo per l'azienda già da prima che lui la rilevasse. Ero la segretaria del precedente responsabile. Eravamo tutti convinti di perdere il posto, ma poi Matt ha convocato una riunione del personale e, quando ci ha comunicato che aveva intenzione di tenerci tutti, gliene siamo stati molto grati. Da allora gli siamo stati tutti fedeli», spiego, ripensando a quanto grande, forte e bello mi fosse sembrato quel giorno.

Ha fatto un'entrata trionfale e una grandiosa dichiarazione, e qual è stata poi la cosa più bella? Che ha mantenuto la parola. Avrei voluto gettarmi ai suoi piedi e piangere di gratitudine, tanto gli ero riconoscente.

Sapevo inoltre di non essere l'unica a sentirmi così. Anche gli uomini che per anni avevano lavorato nelle vigne con i precedenti proprietari si sentivano in debito con Matt per la sua generosità. Ecco perché lavoriamo sodo per lui. Ci dimostra rispetto e noi lo ricambiamo.

«Sì, è stato un bel gesto da parte del mio ragazzo», dice Vinnie con un deciso cenno del capo. «Tenervi tutti a lavorare per lui. Tutti amano il mio Matthew. Una volta ogni tanto ha un pizzico di bontà nel cuore».

«È un buon capo», concordo, chiedendomi come possa un padre lodare e distruggere il figlio nel corso della stessa frase.

«Anche se di vini non ci capisce un cazzo», aggiunge facendomi soffocare una risata. «Cosa c'è? È vero e lo sai anche tu, bellezza. Scommetto che, da quando ha comprato l'azienda, sta facendo una gran fatica per cercare di imparare il più possibile».

Non era andato molto lontano dal vero con quella affermazione. «Bilancia la sua ignoranza con l'entusiasmo».

«Guarda che bella risposta diplomatica», sogghigna Vinnie puntandomi il dito contro. «Ora capisco perché ti ha tenuta. Non solo sei veramente bella, ma parli anche molto bene».

«Grazie. Penso di sì». Mi guardo intorno in cerca di Matt, e lo individuo mentre parla con un gruppo di persone che sembrano impegnate in una conversazione dai toni entusiasti.

Bene. Non ha bisogno dello stress che gli causa il padre mentre si occupa di capire se qualcuno è rimasto positivamente colpito dal vino. Non che abbia mai dubitato del suo successo, ma è stato in ansia per giorni e giorni. Settimane. Mesi.

Probabilmente è per questo che ti ha baciato. Aveva bisogno di sfogare tutto quel nervosismo e tu eri la distrazione perfetta.

Il pensiero mi attraversa così rapido che mi blocco e

continuo a rigirarmelo nella mente. E se fosse davvero quello il motivo per cui mi ha baciato? Se fosse stato solo un modo per scaricare la tensione accumulata nel corso delle settimane?

Oddio, spero di no.

«Posso farti una domanda, bella signora?».

La voce di Vinnie mi riporta a quello che è il mio compito in questo preciso momento e mi giro a guardarlo con un sorriso stentato. «Ma certo, prego».

«Scopi con mio figlio?».

Capitolo 8

Bryn

Ho la bocca completamente asciutta e spalancata mentre guardo il padre di Matt, non riuscendo a credere che possa aver detto una cosa così orribile e cruda.

Si assomigliano, Vinnie e Matt. Stessi capelli neri e occhi castani, anche se quelli di Matt sono più dolci, non freddi, quasi beffardi, come quelli di Vinnie. La bocca stessa del padre disegna una linea retta, come se non fosse abituato a sorridere.

Scommetto che non lo fa mai. Sembra uno veramente cattivo dentro.

«Allora? Ce l'hai la lingua o no? Non posso che prendere il tuo silenzio per un sì, che ti stai scopando mio figlio», dice. «Quel bastardo ha tutte le fortune».

Deglutendo, cerco di riprendermi. L'ultimissima cosa che voglio fargli credere è che io e Matt abbiamo una qualche forma di relazione illecita. Non posso permettergli di spifferare questa storia a chiunque lo ascolti solo per ottenere un minimo di attenzione.

«Suo figlio è il mio capo», dico alla fine, con voce aspra e schiarendomi la gola. «Questo è quanto. Tra di noi non c'è niente altro che un rapporto professionale».

Mi scocca un'occhiata scettica. «Uh uh. Ecco perché ti guarda come se fossi il suo dolce preferito e lui uno che muore di fame. Capisco. Davvero. Io non riuscirei mai a tenermelo nei pantaloni, sai, soprattutto se mi trovassi di fronte una bellissima donna come te. E neanche lui». Al che allunga una mano verso di me e fa scivolare un dito lungo l'avambraccio. Lo tiro via subito, mentre la pelle rabbrividisce letteralmente a quel tocco.

«Non c'è niente tra di noi», dico con una fermezza nella voce che non corrisponde affatto a come mi sento dentro. Sono un fascio di nervi, e temo che quest'uomo possa indovinare che io e Matt ci siano quanto meno baciati.

Le sue domande, il suo parlare così rozzo stanno sporcando tutto quello che è successo tra me e Matt. E non fanno che ricordarmi che non sono altro che la solita ragazza di Cactus in Texas. Quella che tutti vogliono e da cui si aspettano favori sessuali, solo perché ha un bel viso e un fisico pieno di curve.

Ecco chi sono. Una che tutti fanno sentire una zoccola. Una puttanella. Sono andata a letto con due uomini soltanto in vita mia. Gli incontri sessuali che ho avuto si contano sulle dita di una mano. Nessuna relazione è mai durata, nessuna era buona e sono sempre scappata prima che potesse diventare qualcos'altro. Ho sempre troppa paura.

Sono ancora e sempre la svergognata che se ne va in giro a scoparsi qualunque uomo si trovi davanti. Sono una rovinafamiglie. Una ladra di uomini. Una che non è buona a nulla se non a succhiare cazzi. Un sogno da pervertiti. È questo che tutti mi dicono, da sempre.

E me lo sento dire anche ora.

«Puoi anche continuare a dire che non c'è niente tra te e mio figlio, ma ben presto cederai al fascino dei DeLuca. Lo fate tutte. Siamo irresistibili. Sia io che mio figlio abbiamo sempre avuto donne in abbondanza. Lo capisco quando una è intrigata. E tu, mia cara, tu lo sei senza alcun dubbio». Vinnie mette la mano sulla mia e la stringe forte, bloccandola sul tavolo. «Se mio figlio non abbocca, sappi solo che io sono qui, in qualunque momento ti sentirai pronta».

O mio Dio. Cosa pensa, di essere intercambiabile? Che io possa rimbalzare da padre a figlio? «Lei è disgustoso», dico a voce bassa, quando, finalmente, riesco a liberare la mano.

Ride, talmente forte che alcune persone si girano a guardarci, compreso Matt. Mi lancia uno sguardo preoccupato, ma io scuoto la testa, con un rapido sorriso. L'ultima cosa che voglio è che si avvicini e scopra il tenore della nostra conversazione. Ce la faccio da sola a gestirlo.

Non è il primo a pensarla in questo modo e mi chiedo se sarà l'ultimo.

«Disgustoso solo perché vuoi negare l'evidenza». Allunga la mano verso la tazza di caffè e la vuota. «Continua pure a comportarti così, bellezza. Ma prima o poi lui finirà nel tuo letto».

Basta. Ne ho abbastanza. Quest'uomo è un porco e devo farlo andar via. «Come è arrivato qui Mr De-

Luca?», chiedo con il tono più professionale che ho. Senza intonazioni o inflessioni dialettali.

«Ah, torniamo alle formalità? Be', ho fatto un giro. La macchina e l'autista sono ad aspettarmi nel parcheggio», dice con un ghigno.

«Allora andiamo». Mi alzo e lo afferro per un braccio, strattonandolo in piedi. Mi guarda meravigliato, più che altro sorpreso che una come me riesca a tirarlo su in quel modo, ma gli rivolgo uno dei miei migliori sorrisi e lo accompagno verso l'uscita. «Ora deve andare a casa. So che Matt era emozionato all'idea che lei abbia pensato a lui e abbia voluto fare un salto, ma penso che il suo tempo qui sia terminato».

«Non puoi mandarmi via», dice, ma lo ignoro e praticamente lo trascino per il braccio verso gli addetti al parcheggio che abbiamo assunto per questa sera. Indosso il mio cordiale sorriso da "io lavoro qui" e mi fermo davanti a loro.

«Stiamo cercando l'auto di Mr DeLuca. Sapete dove possa essere?».

Uno di loro lo sa e mi concede il piacere per questa sera di scaricare Vinnie DeLuca a un'altra povera anima sfortunata e di lavarmi le mani di lui e delle sue pagliacciate.

«Pensi davvero di liberarti di me così facilmente, ragazzina?», urla Vinnie dal finestrino, ma io lo ignoro. Perché dare retta a un pazzo?

Torno verso il cortile, sussultando per il dolore provocato dalle mie scarpe nuove con il tacco a spillo. Non sono abituata ai tacchi, né tantomeno a camminarci in cortili di ghiaia e sassolini. Non vedo l'ora di mettere i piedi a bagno appena rientro a casa.

Da sola.

Perché non ho speranze di combinare qualcosa con Matt. Sono bastati dieci minuti in compagnia di suo padre per confermarlo. Non posso continuare a fingere che tra noi possa funzionare. Io sarò sempre considerata una puttana opportunista perché sono la povera ragazza del Texas che esce con il suo capo, ricco e miliardario, e lui sarebbe sempre lo stronzo che non riesce a tenerselo nei pantaloni di fronte alle proprie impiegate.

Qualunque genere di relazione tra noi, sia temporanea che seria, rovinerebbe la sua reputazione nell'ambiente di lavoro. E mi rifiuto di far parte di questa trama. Non me lo potrei mai perdonare.

E poi cosa ne sarebbe di me? Non posso distruggere la mia ultima possibilità di avere un gran bel lavoro. Se fallisco anche qui me ne torno a casa. Non posso permettermi di vivere in questo Stato vergognosamente caro senza avere un impiego. Dio solo sa se non me la squaglierei da qui se, professionalmente, arrivassi al capolinea con Matt. È già abbastanza dura così trovare un lavoro retribuito tanto quanto il mio in questo settore.

Rallento il passo e mi fermo proprio al confine del cortile, guardando tutti. Vedo Gage e Marina fuori dalla pista da ballo, uno tra le braccia dell'altra, che sorridono e poi scoppiano a ridere. Vedo Matt che parla con un altro gruppo di persone, tutti uomini, tutti in odore di importanza.

Mi auguro che gli fruttino i contatti che sta cercando.

È così bello nel suo abito scuro e cravatta vinaccia, i capelli scompigliati da un po' di vento. Il biancore del suo sorriso risalta sulla pelle abbronzata e ha delle leggere rughe intorno agli occhi, come chi ride spesso.

Cosa che spero che faccia. Non l'ho mai visto ridere molto dal momento che, da quando ho iniziato a lavorare per lui, è sempre stato parecchio sotto pressione, ma mi auguro che cambi, una volta che tutto si sarà sistemato. Allora potrà rilassarsi e godere dei benefici di tutto il suo duro lavoro.

Probabilmente io non sarò lì a vederlo. E al solo pensiero vengo sopraffatta da una tristezza così totale e assoluta che quasi cado a terra, tanto mi tremano le gambe.

Proseguo puntando verso un gruppo di persone dalla parte opposta rispetto a Matt. Trovo un tavolo vuoto e crollo sulla sedia, facendo scivolare la mano sotto i capelli, a sfregarmi il collo. C'è un motivo per cui non li porto spesso sciolti sulle spalle. Sono pesanti e grossi, mi fanno sentire caldo e male al collo.

Dovrei tagliare tutto e farla finita.

«Va tutto bene? Sembri una che sta meditando un omicidio». Ivy prende una sedia e la sposta vicino alla mia.

«Solo quello dei miei capelli». Mi guarda in maniera strana, quindi spiego: «Sto pensando di tagliarli tutti».

«Non ti azzardare. Sono meravigliosi».

Scrollo le spalle. «Lo dicono tutti, ma non è servito a niente».

«Ah, Matt non l'ha notato? So che è molto impegnato a far sì che tutti si divertano stasera», mi ricorda Ivy.

«Sì, l'ha notato». Lo ha notato eccome, se la sua bocca fusa con la mia e le mani che esploravano tutto il mio corpo contavano qualcosa. «Poi è arrivato suo padre e ha rovinato tutto».

Ivy rimane a bocca aperta. «È venuto suo padre? Non l'ho neanche visto».

«E non è una fortuna?», dico.

«Ah. Ti ha detto qualcosa di orribile?». Ivy allunga una mano a prendere la mia e la stringe forte. «È un uomo orribile, dice cose terribilmente offensive. Quando ero più giovane ci ha sempre provato con me».

«E adesso non più?»

«Be', non lo vedo da un po' e poi Archer lo ucciderebbe. Lo farebbe proprio a pezzi uccidendolo a mani nude se solo mi guardasse, figuriamoci se mi toccasse». Sorride, lo sguardo sognante. «È così focoso quando diventa possessivo in questo modo».

L'invidia si insinua in me, attanagliandomi. «Deve essere bello».

«Un giorno ti succederà lo stesso con Matt», dice Ivy con una sicurezza che vorrei avere anche solo in decima parte.

Invece di incuriosirla, decido di farmi coraggio. «Sì, forse sì», continuo con falso entusiasmo che le suscita un'occhiata scettica.

Niente, non riesco a farne una giusta.

Matt

Ho intravisto Bryn accompagnare fuori mio padre neanche venti minuti fa ed è come se mi avessero tolto un peso dalle spalle facendomi sentire infinitamente più leggero. Ho fatto uno sforzo immenso per non preoccuparmi e affliggermi come una vecchia signora, con lo sguardo costantemente puntato dove Bryn sedeva con mio padre.

Mi preoccupava l'eventualità che potesse dirle qualcosa di orribile, o peggio, allungare le mani. Non sarebbe stata la prima volta che fa una cosa del genere a una donna incolpevole.

Ma non voglio che lo faccia alla *mia*, di donna.

Con mio padre finalmente fuori di qui, posso tornare a concentrarmi sui miei obiettivi. Parlo con i proprietari di aziende vinicole locali che ho invitato, e tutti sembrano ben impressionati, anche se con riluttanza, dalla mia lista di vini. Intrattengo una marea di giornalisti locali che vogliono occuparsi della Cantina DeLuca. Essere un ex giocatore di baseball professionista permette di dare alla mia storia un taglio particolare che hanno intenzione di approfondire.

Non ho toccato cibo e sto morendo di fame, sopravvivo con gli stuzzichini presi qua e là e ingerendo fin troppi bicchieri di vino. Mi gira la testa – sono un po' brillo per come è riuscito bene questo evento – e mi chiedo dove diavolo sia andata a finire Bryn.

Il progetto di festeggiare insieme a lei è assolutamente all'ordine del giorno per la tarda serata.

«Hai visto Bryn?», chiedo ad Archer quando lo trovo

in mezzo alla folla, con in mano due bicchieri, di cui uno d'acqua. Immagino che stia tornando da Ivy.

«È seduta con Ivy laggiù». E con uno dei bicchieri fa un gesto nella direzione. «Ivy mi ha chiesto di portarle da bere».

Probabilmente dovrei restare e parlare ancora un po' con i miei ospiti, ma sono esausto non avendo fatto altro per tutta la sera. Ho bisogno di una pausa. Voglio stare un po' con i miei amici. «Vengo con te».

«Uh uh». Archer mi lancia un sorriso eloquente da sopra la spalla quando lo seguo. «Ti manca la tua ragazza, eh?»

«Non è la mia ragazza», dico, sebbene il pensiero di Bryn con un altro o di lei che dà a un altro il permesso di definirla tale, mi riempie di un'ondata di gelosia quasi soffocante.

Va bene. In un certo senso è una bugia. Non mi dispiacerebbe se Bryn fosse la mia ragazza. Ma non si può. Ho una scommessa da vincere.

'Fanculo la scommessa.

«Quanto ti resta? Meno di quaranta giorni? Dopo potrà essere tua. Sempre che tu riesca a resistere così a lungo», dice Archer, fermandosi al tavolo dove Ivy e Bryn sono in piena conversazione. «Guardate chi ho trovato, donne», annuncia mentre posa loro i bicchieri davanti.

Entrambe alzano gli occhi, ma lo sguardo non è limpido, non sembrano proprio contente di vedermi.

Strano.

«Ehi, Matt». Ivy parla per prima, afferrando il bicchiere e prendendo un gran sorso d'acqua. «A quanto pare questa serata è stata un enorme successo, nonostante si sia fatto vivo tuo padre».

Mi preoccupo. Grandioso. Lo ha visto? O gliel'ha detto Bryn? «Sì e tutto grazie all'affidabile Miss James che si è occupata di tutto e si è assicurata che non facesse grandi scenate».

«Sicuramente. Si può sempre contare su Miss James, non è vero Bryn?». Ivy le lancia uno sguardo imperscrutabile che lei ricambia in silenzio.

L'equilibrio sembra essersi rotto, ma a quanto pare Archer non si accorge di nulla. Stavano parlando di me. E in qualche modo devo aver offeso Bryn. Ma in che modo? Era stata così dolce con me un attimo prima di andare a occuparsi di mio padre. Come può essere crollato tutto in così poco tempo? Può darsi che mio padre le abbia detto qualcosa che non ha voluto dirmi?

Merda.

«Va bene, sentite. Vado a fare un altro giro e vedo se c'è ancora qualcosa da fare», dico stringendo la sedia davanti a me.

«Vai a fare la parte dell'ospite premuroso, eh?», dice Archer, mettendo un braccio intorno alle spalle di Ivy. Lei gli si rannicchia contro e sento una fitta di gelosia, pungente e dolorosa.

Vorrei avere anche io il diritto di essere così affettuoso con Bryn. Non siamo ancora a quel livello di confidenza. Se solo la tocco in presenza di Gage o Archer, quei due si fionderebbero come api sul miele, pronti a dichiarare persa l'intera scommessa.

Non che mi importi di un milione di dollari, ma, dannazione, è una questione di principio. Ho praticamente vinto quella scommessa onestamente. Voglio riscuotere i soldi e sbatterglieli in faccia.

Mi sento come un coglione immaturo, ma voglio vincere.

«Devo fare il mio dovere per essere certo che tutti si divertano», dico con un sorriso e, nel guardare Bryn, mi accorgo che mi sta guardando a sua volta con quegli occhi azzurro cielo che vedono tutto.

«Hai bisogno di me?», chiede.

«No, tranquilla. Resta seduta e goditi la festa. Hai già fatto abbastanza». Sto cercando di farle capire quanto abbia apprezzato che si sia occupata di mio padre. Non deve essere stato facile. Quello stronzo è un vecchio scorbutico, con una bocca che non si ferma mai, proprio mai.

«Okay. Se proprio insisti». Sorride, ma quel sorriso non sale fino agli occhi. È così bella e così incredibilmente fragile, lì seduta accanto a Ivy incinta, che irradia vitalità. Paragonato a quello di Ivy, lo splendore naturale di Bryn dell'ultima settimana è offuscato. Stasera non è colpa del beige. Perfino in rosso sembra spenta.

E non mi piace. Soprattutto perché so di esserne la causa.

«Però posso parlarti un attimo?», chiedo all'improvviso. «In privato?». Devo essere sicuro che stia bene.

«Certo». Dà una scrollata di quelle bellissime spalle nude e si alza, girando intorno al tavolo per avvicinarsi a me. La porto verso un altro tavolo all'altro capo del cortile, ignorando Archer dal momento che sento che mi sta guardando. Sta solo aspettando un mio passo falso e che in qualche modo tocchi Bryn in modo inappropriato davanti ai suoi occhi.

Stronzo.

«Che succede?», chiede quando ci fermiamo per parlare.

«Mio padre ti ha detto qualcosa? Ti ha offeso o ha provato a metterti le mani addosso?», chiedo, andando dritto al punto.

Sospira, inclinando la testa. «Un po' di cose le ha dette, sì. Ma niente che non abbia già sentito altre volte».

Cosa diavolo vuole dire con questo? «Di cosa stai parlando?».

Bryn solleva il capo, così il suo sguardo torna a incontrare il mio. «Mi ha chiesto se noi due… andiamo a letto insieme, anche se l'espressione che ha usato era un po' più diretta».

Gemo dentro di me. «E tu cosa gli hai detto?»

«Ovviamente che non lo facciamo, che poi è la verità». Calca sull'ultima parola. «Ma non mi ha creduto».

«Che bastardo», dico, passandomi una mano tra i capelli per la frustrazione. «Come hai fatto a farlo andare via?»

«Be', non la smetteva con le sue allusioni oscene e gli insulti, così alla fine l'ho strattonato in piedi e l'ho portato fuori di qui. L'ho mollato ai ragazzi del parcheggio che l'hanno portato alla macchina», spiega con semplicità.

Mentre da una parte avrei voluto essere al suo fianco per difenderla, dall'altro sono orgoglioso che sia riuscita a mantenere la calma. «Sei sorprendente», dico con dolcezza, desiderando di poterla toccare. Ma sento ancora gli occhi di Archer su di me e quindi non ne ho la possibilità.

«Ho fatto quello che mi avevi chiesto. Non farne una cosa più grande di quella che è». Mi rivolge un sorriso vuoto. «È tutto qui quello che volevi chiedermi?»

«Bryn». Senza riuscire a contenermi, allungo una mano e le tocco delicatamente il braccio. Lo stringo. Non mi importa quello che pensa Archer. «Stai bene? Mi sembri triste».

«Non è niente, solo una piccola dose di realtà che mi riporta sulla terra e mi ricorda chi sono veramente». Il sorriso si incrina e gira lo sguardo verso gli altri invitati che passeggiano nel cortile. «Ma ora devi andare a parlare con altri ospiti, felici di aver avuto la possibilità di conoscere il proprietario di questa nuova e stupefacente Cantina DeLuca, non credi?».

Lascio cadere la mano. «Ci possiamo vedere? Più tardi?».

Scuote la testa lentamente. «Non penso sia una buona idea, Mr DeLuca».

E con queste ultime parole, se ne va, lasciandomi confuso.

Capitolo 9

Bryn

Il telefono non ha fatto che squillare da quando ho messo piede al lavoro stamattina, ma lo attribuisco alle conseguenze della festa. Cercano tutti Matt, me compresa. Anche se non dovrei. Non sono sicura di essere davvero pronta ad affrontarlo.

Sono rimasta a casa per tutto il weekend, senza osare mettere un piede fuori, controllando a malapena il telefono. Ho ignorato le chiamate e i messaggi di Ivy e Marina, e anche l'unico messaggio di Matt. Non era legato al lavoro e quindi ho potuto farlo. Era arrivato sabato pomeriggio e mi chiedeva se ero riuscita a sopravvivere alla notte, ma non mi sono presa la briga di rispondere.

Come facevo a dirgli che quella serata era stata una rivelazione? Che mi aveva fatto capire esattamente chi sono e quello che la gente vede quando mi guarda? Anzi, per essere precisi cosa vedono gli uomini, oltre al vestito banale e ai capelli noiosi.

Che fa male, molto in profondità, lo sapevo. Ecco perché mi nascondo, fingendo di essere chi non sono.

Evitare Ivy e Marina è stata dura, perché mi sarebbe piaciuto potermi confidare con loro, ma se poi le mie confidenze me le avessero messe contro? Negli ultimi giorni sono stata sopraffatta da tutte le mie vecchie paure e insicurezze. È difficile perdere le vecchie abitudini quando hanno fatto parte della tua vita così a lungo. Gli uomini non mi rispettano, non lo fanno mai. Non ho mai avuto molti amici d'infanzia e alla fine non ne ho avuti per niente fino a che non sono arrivata in California.

Ho paura che se confido a Ivy e Marina i miei timori, quello che è successo tra Matt e me, quello che suo padre ha detto di me, anche loro mi vedrebbero in modo diverso. Stupida, lo so, dal momento che sono state proprio loro le prime a dirmi di andargli dietro, ma non riesco a fare diversamente. Ho paura che vedano chi sono veramente e non quella che cerco di sembrare. Una ragazzina sciocca considerata solo dal punto di vista sessuale e non per il cervello o per le sue capacità.

E non so se riuscirei ad affrontarle, vedendo il pregiudizio nei loro occhi.

E poi, so che continuano a cercami solo perché vogliono spettegolare sulla festa di venerdì sera o analizzare quello che è successo tra Matt e me. Io neanche ci penso più. Più lo faccio, più mi rattristo, soprattutto quando entrano in gioco le cose che mi ha detto suo padre.

Scommetto che la rincorri intorno alla scrivania tutto il tempo, cercando di metterle le mani sul sedere. Io lo farei.

Ho passato quasi tutto il weekend sul letto a guardare

la TV e mangiare schifezze, senza far niente per tirarmi su di morale. Quando mi sono rimessa in sesto e mi sono preparata per andare al lavoro, avevo le borse sotto gli occhi, ero pallida, mi sentivo cinque chili di più addosso, e avevo un foruncolo sul mento.

Grandioso.

Sono arrivata in tempo, però, non volendo deludere nessuno, soprattutto Matt. Non vesto nemmeno del solito beige né ho la solita pettinatura, poiché ho deciso di arrendermi e scegliere quello che è naturale per me, non quella facciata che ho messo su quando sono arrivata qui. Fasciata nel vestito che indossavo lunedì, con fondo nero e sagome di fiori blu e verdi e di uccelli, ho lasciato i capelli sciolti sulle spalle.

Sono stanca di mettere su una facciata. O di essere quella che non sono. Se avessi i miei vestiti strampalati di quando stavo a Hollywood o anche il mio guardaroba di Cactus, li indosserei. Oggi. Proprio adesso.

Ma non ho più niente di quell'abbigliamento. L'ho bruciato quasi tutto. Ho sentito quasi un bisogno di purificazione, avevo bisogno di ricominciare da capo.

Ora li vorrei riavere. Solo per ricordarmi le mie radici e chi sono veramente. Per ridarmi energia e forza per affrontare quello che farò oggi. Quello che devo fare.

Devo andarmene.

Ma Matt si è fatto vedere tardi e la cosa mi ha messo ansia. Si è presentato dopo le nove con un'espressione infastidita, facendo irruzione nella stanza come se avesse una missione da compiere. È vestito casual, jeans e polo che gli stanno a pennello.

Mi viene letteralmente l'acquolina in bocca quando lo vedo.

Ma dov'è la novità?

«Ho un appuntamento con la Napa Valley Vintners stamattina», dice fermandosi proprio davanti alla mia scrivania. La sua mente viaggia a velocità massima, mi pare. «Mi serve che mi controlli i voli per New York tra qualche settimana. Parteciperemo alla convention annuale della Savor Wine Guild. Non avevo idea che ci fosse, quindi devo organizzarmi velocemente».

Penna alla mano, comincio a prendere appunti. «Quali sono i giorni?»

«Dobbiamo partire tra due settimane da oggi», dice tirando fuori il telefono e scorrendo le mail.

La mia penna è immobile sul blocco e mi fermo un attimo, quando le sue parole si sedimentano nel mio cervello appannato. Sollevo lo sguardo per scoprire che mi sta fissando con attenzione. Forse con troppa insistenza. «Hai detto "dobbiamo"?»

«Voglio che tu venga con me, Bryn. Ho bisogno di te. Sono solo pochi giorni, ma molto impegnativi. Avrò bisogno dei tuoi suggerimenti e dovrai tenermi sempre sul pezzo», spiega.

Vuole che vada con lui, da sola, a New York. Sento cose che non esistono.

«Stai parlando sul serio?»

«Sono serissimo». E così è anche la sua espressione. «Sei la mia segretaria, no? Non posso farcela da solo, Bryn. Sarà una due giorni di discussioni, workshop, e degustazioni di vini prolungate e approfondite. Non posso essere ovunque nello stesso momento, quindi ho bisogno che tu segua qualche seminario, o conferenza o altre cose, che prenda appunti e me li riporti».

«Okay». Annoto altre poche parole poi mi metto al computer a cercare i voli. «Sei sicuro che vuoi che venga con te? Cioè, vuoi davvero? Non saranno solo spese extra, il mio volo, l'albergo, i ristoranti e tutte le altre spese di viaggio?»

«Ho bisogno di quante più spese deducibili possibili», dice con indifferenza. «E posso permettermi di portare te, Bryn. Non è un problema, quindi non preoccuparti».

Tutti i miei progetti di presentare le dimissioni a Matt se ne volano via dalla finestra dopo questa sua richiesta a bruciapelo. Non c'è possibilità di andar via ora. Ha bisogno di me, per quanto ridicolo possa sembrare. Nonostante tutti i problemi che sicuramente gli causerò e le sue aspettative, devo rimanere per lui.

Posso farcela. Lavorerò le prossime due settimane, farò il viaggio a New York, girerò per la convention con lui per qualche giorno, poi si tornerà a casa e allora darò le dimissioni. Dovrei avere anche abbastanza tempo per trovare lavoro a Cactus, non dovrebbe essere difficile.

Ho chiamato mia nonna l'altra sera, chiedendole se posso tornare a vivere da lei. Ha acconsentito subito, con la sua voce tuonante che mi arrivava via telefono e che mi ha ricordato il perché avevo lasciato la mia terra natale.

«Certo che puoi tornare a vivere qui, tesoro. So che Wanda giù al Soap-n-Snip cerca una nuova telefonista. Oppure potresti rispolverare il tuo diploma di estetista e seguire la professione. Non è male, lo sai. La piccola e dolce Becky, che ha solo due anni più di te, ha fatto carriera lavorando lì».

Dopodiché si è lanciata in un pettegolezzo di venti minuti su tutto quello che è successo a Cactus negli ultimi anni. Quando ha finito, sapevo tutto. Ma proprio tutto.

Qualcuna di quelle chiacchiere mi interessava. Di altre non me ne importava niente. Tipiche chiacchiere di Cactus, alla fine.

E presto tornerò lì, proprio in mezzo a tutto quello. A lavorare da Soap-n-Snip, rispondendo al telefono e spazzando capelli e in generale con una vita miserabile.

Ma per lo meno sarò nel mio elemento, di nuovo a casa. Dove potrò tenere i capelli sciolti, sentirmi libera e me stessa.

Non credo di poter essere me stessa ovunque, per lo meno non qui.

Anzi, soprattutto qui.

«Cerco i voli e ti faccio vedere le varie possibilità», dico con voce incolore, in modalità professionale.

«Perfetto. Vai sul sito della Savor e registraci entrambi. Probabilmente dovremo pagare qualcosa per l'iscrizione tardiva, ma non importa. Non posso perdermelo. Quelli di Vintners hanno detto che devo assolutamente andarci. Conosceremo le ultime tendenze, capiremo il business e il lato creativo della produzione di vino;

dovrebbe essere piuttosto interessante». Sorride e non riesco a non ricambiarlo.

È così emozionato, così gasato per questa cosa. Voglio emozionarmi anche io per lui. Anche se sto pianificando di dargli una profonda delusione entro la fine del prossimo mese.

Matt

«Che volpe che sei». Gage scuote la testa e subito dopo addenta il suo cheeseburger. Siamo in un ristorante in centro a St Elena, famoso per i panini, gli hamburger e anche per non avere alternative vegetariane o senza glutine. Ecco perché è frequentato soprattutto da uomini. Siamo stufi di tutto quel massiccio movimento salutista che ha investito il nostro quartiere.

«A cosa ti riferisci?», chiedo con voce neutra.

«Dài che hai capito. Ti porti la segretaria a New York, dove nessuno di noi ti può controllare e dove sarai libero di passeggiare tenendola per mano, baciarla per strada e scopartela tutta la notte in una camera d'albergo. Bella mossa, amico. Davvero bella mossa», spiega ridendo Gage.

Lo ignoro, immergendomi con gusto nel mio hamburger. Sto morendo di fame. Sono stato così occupato con il lavoro ultimamente che non ho fatto pause, ho saltato i pranzi e ho lavorato fino a tardi. Gage mi ha dato il tormento e mi ha chiamato per due giorni di seguito per andare a pranzo insieme. Alla fine, dopo avermi sfinito per l'intera mattinata con messaggi continui, mi sono arreso, ho detto a Bryn che sarei tornato dopo un'ora ma che, se non mi fossi ripresentato per l'una e mezza, di chiamarmi per farmi riportare il culo sulla sedia.

Quando sto con Archer o Gage di solito ci mettiamo a parlare di tutto e perdiamo la cognizione del tempo, soprattutto se ci sono di mezzo le birre.

Oggi le birre non ci sono. Me ne sono assicurato.

«Archer lo sa che te la porti a New York? Presumo di sì. Io l'ho scoperto solo perché me lo ha detto Marina che ha parlato con Bryn ieri. Avresti dovuto dircelo». Gage ride di nuovo. «Ti garantisco che, alla fine dei quarantacinque giorni troverò comunque il modo di farti pagare. Guardami. Perché dovremmo farlo noi quando tu si stai per scopare la tua segretaria?»

«Hai una mente malata», dico afferrando una patatina e tuffandola nel ketchup prima di puntargliela contro. «Non è sempre solo questione di sesso, lo sai. Come fa Marina a sopportarti tutti i giorni?»

«Marina mi ama. E soprattutto ama la mia mente malata». Muove le sopracciglia maliziosamente. «E poi sentilo, l'ex re delle ammucchiate che mi bacchetta come un moralista. Tu hai maledettamente bisogno di scopare, e lo farai anche presto, così chiudiamo questa scommessa una volta per tutte. Sono stanco di avere a che fare con te, sei insopportabile».

«Sì, certo, vaffanculo», dico scuotendo la testa e tornando a concentrarmi sul pranzo. «Sei tu che hai insistito tanto per uscire a pranzo con me». Su una cosa però ha ragione. Sono maledettamente nervoso perché voglio Bryn, ma lei ha spento tutti gli indicatori. È come se a malapena si accorgesse che esisto.

Il perché, però, lo so. È colpa di mio padre. E di quel bacio. Sono pentito di averle permesso di occuparsi di mio padre e mi rammarico per le parole che lui le ha rivolto. Avrei dovuto tenerla lontana da tutto questo.

Ma il bacio? No, di quello non mi pento.

«Ho voluto vederti a pranzo per capire dove hai la testa». Beve un sorso della sua soda. «Quindi dimmi. Hai pianificato questa cosiddetta "trasferta di lavoro" per portartela nella tua camera d'albergo o per cosa?»

«Niente di tutto ciò», lo prendo in giro masticando un'altra patatina. «Andiamo a seguire una conferenza, e non inventata, come sicuramente penserai tu. Non avrò neanche il tempo di pensare e non farò altro che passare da un workshop all'altro, degustare vini e simili. È solo lavoro, mio caro. Una cosa che tu hai dimenticato da quando sei così preso dalla tua nuova amichetta».

«Dice l'uomo che porta la sua ossessione a New York per motivi di lavoro». Gage alza gli occhi al cielo. «Dammi tregua, amico. Sappiamo entrambi che ti porti Bryn a New York solo per entrarle nelle mutande».

Al pensiero di Bryn in slip mi viene quasi un attacco di cuore. Abbiamo perso così tante opportunità nel poco tempo avuto finora. E ora lei si comporta come se non le fregasse niente di me.

Non lo sopporto. Ma è solo colpa mia, quindi non posso che prendermela con me stesso.

«Assolutamente no», dico con determinazione. «Credo che ne abbia abbastanza di me».

«Ah!». Gage mi punta il dito contro, il suo sguardo illuminato da un senso di vittoria. «Lo ammetti! Voi due vi piacete!».

«Sì, ma seppure lei avesse avuto qualche interesse nei miei confronti, ora di certo non è più così. È tornata a essere l'efficiente e seriosa Miss James».

«Sono sicuro che è eccitante anche quando è l'efficiente e seriosa Miss James», dice Gage con un sorriso compiaciuto.

Con una vampata di gelosia, gli tiro una patatina mirando alla faccia, ma lui si scansa all'ultimo momento. «Sta' zitto, testa di cazzo, ti comporti come un bambino».

Che diavolo, mi sembra di essere ritornato alle chiacchiere da college – quando eravamo giovani e stupidi e parlavamo in modo gretto di tutto e tutti, soprattutto di noi.

«Chi è il bambino qui, io o tu che tiri il cibo e mi dai del testa di cazzo?». Gage scuote la testa. «Non so per quanto tempo riusciremo a sopportare questi termini. Più stai senza concludere niente e più diventi di cattivo umore. Scommetto che la tua Miss James ha perso interesse per te perché sei diventato scorbutico».

Non può essere così. Vero? Sono sicuro di no. Penso invece che abbia qualcosa a che vedere con mio padre. Non ho idea di cosa le abbia detto, lei non parla e neanche lui. L'ho chiamato qualche giorno fa e l'ho accusato apertamente di aver detto qualcosa di schifoso a Bryn, ma non ha fatto commenti.

Il che mi ha convinto che è colpevole in pieno.

«Parlano tutti della Cantina DeLuca in città», dice Gage, grazie al cielo cambiando argomento. «La tua riapertura è stata un successo».

«Sì, è andata abbastanza bene, vero?». Sto cercando di minimizzare senza un motivo, solo per il piacere di farlo. Ci sono ancora alcuni affari da chiudere e alcune trattative in atto – stiamo cercando di accaparrarci alcuni mercati regionali in cui lanciare il marchio DeLuca, aumentando e ampliando così la nostra lista di distributori. E ci sono anche molte opportunità pubblicitarie che mi auguro possano fruttare e lanciare il marchio a livello nazionale.

Andare al Savor ci darà più visibilità che mai. Ho capito, soprattutto dopo la riunione con il gruppo Vintners di zona, che devo fare quanta più promozione possibile, frequentare costantemente la gente del settore. Produrre un buon vino è sicuramente fondamentale, ma per venderlo serve poi una buona rete di contatti. Crescere, imparare, acquisire conoscenze – soprattutto attraverso conferenze in cui incontrare i professionisti in modo da poter tornare in azienda e applicare tutto quello che ho imparato.

Ho davvero bisogno di portarmi Bryn al Savor? Forse no. Potrei sfinirmi e correre da un incontro all'altro per due giorni, saltando qualche workshop o qualche seminario che considero minore, e riuscirei a fare tutto da solo. È solo che con lei sarà tutto più divertente.

Oltre che più semplice, naturalmente, dal momento che oltretutto è in gamba e mi aiuta a tenere il passo.

Trascorrere del tempo con lei in aereo, in città, in albergo. Ci saranno tantissime occasioni.

Cioè, sempre che l'interesse che ho per questa donna sia effettivamente corrisposto.

Capitolo 10

Bryn

Due settimane dopo, New York City

Seduta sul comodo letto king-size con il mio laptop, scorro gli appunti presi a mano durante l'interminabile sessione di workshop che ho seguito per il giorno intero. In tutta la mia vita non sono mai stata in un albergo come il W New York a Times Square. Ovviamente la città più grande in cui sia mai stata prima d'ora è Los Angeles, che non è altro che una metropoli confusionaria, con strade trafficatissime e centri commerciali ovunque.

A New York, invece, c'è un'atmosfera completamente diversa. Gli edifici sono tutti altissimi, i marciapiedi gremiti e tutto è aperto fino a tardi. Non ho mai visto niente di simile. Nella cittadina in cui sono nata, sui marciapiedi non c'è così tanta gente e i negozi chiudevano alle otto, il sabato alle nove.

Siamo arrivati ieri notte e, all'una, Matt ha voluto un pezzo di pizza. Siamo usciti e abbiamo trovato subito un locale che, non solo era aperto, ma era anche strapieno.

Il che mi ha letteralmente spiazzato, da sempliciotta provinciale quale sono.

Stamattina, mentre seguivo i workshop, Matt ha partecipato a un simposio, a una degustazione di vini e in questo momento è a una cena di lavoro. Ha provato a chiedermi di accompagnarlo, ma ho declinato l'invito, con la scusa che preferivo mangiare in camera e riportare al computer gli appunti.

Ha acconsentito con riluttanza, dicendomi di ordinare tutto quello che volevo con il servizio in camera e che avrebbe pagato lui.

La cosa divertente è che, considerando quanto lo vedo lavorare sodo e quante ore passa in azienda, per la maggior parte del tempo mi dimentico di quanto sia ricco. Miliardario. È pieno di soldi, grazie sia a suo padre che ai guadagni stratosferici come giocatore di baseball più varie altre entrate.

E non sono che le più recenti.

È stato solo quando siamo saliti in aereo e preso posto in prima classe che mi sono resa conto di come vive l'altra parte di mondo. Parliamo del trattamento delle star. Ho volato solo una volta in vita mia, quando sono andata in California – su un merdoso aeroplano affollato dove avrei dovuto pagare anche per una soda, per l'amor del cielo! Ho rifiutato e preso posto in un angusto sedile in mezzo a due uomini d'affari grassi e sudati che mi hanno guardato in modo schifoso per tutto il viaggio.

È stata una pessima esperienza.

Ma volare in prima classe su comodi sedili ampi, servita e riverita e accanto a Matt? Mi sentivo come se fossi morta e finita in paradiso.

E questo prima di vedere l'albergo. Oh, parola mia, il più bello e moderno che abbia mai visto, anche se non sono mai andata oltre i motel. Mi ero assicurata che Matt avesse una suite di due stanze con una bellissima vista sulla città e, visto che abbiamo le stanze vicine – come da sua richiesta – anche a me è toccato lo stesso.

Non me ne importava di non essere fuori nel via vai di Times Square. Ero comodamente seduta nella mia suite con un meraviglioso letto bianco e un meraviglioso piumone rosa. Mobili di vetro lucido e boccioli di orchidea rosa ovunque. Io, la presunta puttanella di Cactus, Texas, mi sentivo una vera principessa delle favole.

E tutto grazie a Matt.

La cosa che mi scoccia? Dover dare le dimissioni quando torniamo. Non potrei mai continuare a lavorare per lui. Continuo a far finta di essere il genere di donna tranquilla e contegnosa quando in realtà non lo sono affatto. Il mio vero io prima o poi salterà fuori, e non voglio che succeda davanti a Matt. Lui mi considera una ragazza per bene.

E non posso assolutamente far trapelare le mie vecchie insicurezze.

È già abbastanza negativo che ci siamo baciati un paio di volte. L'ultima cosa che vorrei è rovinare la sua reputazione, quindi sto facendo di tutto per evitarlo, ma è quasi impossibile. La tensione tra noi è ancora alta anche se non ne abbiamo mai parlato. Vedo come mi guarda quando pensa che non lo veda. Voglio ricambiare quello sguardo prolungato. Peggio, vorrei chiudermi nel suo ufficio, sedermi sulla sua scrivania e implorarlo di baciarmi.

Penso che accetterebbe la mia offerta, so che lo farebbe.

Ma poi io sarei solo la puttanella che tutti mi accusano di essere. Che va a letto con il suo capo per fare carriera – per lo meno è questo che sembrerebbe. Abbandonarmi a una relazione bollente con un uomo che firma le mie buste paga non è una cosa intelligente. Non ho imparato niente dal fallimento della mia storiella con Brian Fairbanks?

Appoggiata alla testiera di stoffa, guardo fuori dalla finestra, verso le luci della città che mi circondano. Non ho più pensato al suo nome da non so più quanto tempo. Preferisco pensare a lui come a una entità senza faccia, altrimenti noto come "il mio ex capo". È molto più facile così, che non richiamare alla memoria il nome.

E ora tutto torna. Brian mi rivolge il suo sorriso affascinante mentre si toglie un ciuffo di capelli biondi dal viso, sempre mangiandomi con gli occhi. Riusciva a farmi sentire speciale, anche con tutte quelle ridicolaggini che mi diceva a proposito di poppe e culo e di quanto gli prudesse la mano dalla voglia di toccarmi.

Sì, l'ha detto. E ha detto un sacco di altre cose, talmente tante che voglio bandirle per sempre dalla mia testa.

Quando ho raccontato a mia nonna cosa è successo con Brian – come è uscito fuori che avesse moglie e figli – mi ha fatto una lavata di testa. Ha sbraitato per ore, anche se probabilmente non sono stati che una decina di minuti. Mi ha detto che se avessi continuato a stuzzicare i miei superiori, non ne sarei mai uscita a meno che non avessi fatto sesso con loro. Era questo che pensavano quando mi guardavano.

Una buona sola per il sesso. Ha usato questa espressione per definire sua nipote anche se penso che lo abbia fatto per mettermi in guardia. Mi sono sempre sentita dire che dovevo fare le scelte giuste.

Allora ci ho provato. Provato, riprovato, e riprovato ancora; e ora sono qui, in una suite pagata dal mio capo, a fantasticare di nuovo di portarmelo in camera anche per una volta soltanto, prima di dare le dimissioni e tornare a casa a Cactus.

Sono diventata matta? Mi preoccupo tanto di quello che possano pensare gli altri di me e Matt eppure continuo a desiderarlo? Non riesco a fare diversamente. Se tanto la gente continuerà comunque a considerarmi una buona solo per il sesso, una puttana o una prostituta, tanto vale andare avanti e darle ragione, no?

Rispetta te stessa. Se non lo fai tu, non lo farà nessun altro.

Me ne devo ricordare.

Il mio cellulare vibra, lo guardo e trovo un messaggio di Matt.

"Sei in camera?"

"Certo, a trascrivere gli appunti per te".

Nessuna risposta e resto a guardare lo schermo sperando che appaia qualcosa. Visto che non succede niente, lo metto via e ricomincio a battere gli appunti, le palpebre che si fanno pesanti per la noia.

È già stato difficile starmene seduta a sentire tutte quelle conferenze. Ora le sto rivivendo mentre riscrivo gli appunti e ricordo esattamente quanto siano state noiose.

Noiose per me, almeno. Matt forse le troverà interessanti, dato che lui è nel business, ma io no di certo.

Il telefono suona di nuovo e lo afferro.

"Mi dovresti raggiungere al ristorante Blue Fin di sotto tra mezz'ora".

"Perché?".

Mi mordo le unghie in attesa della risposta. Grazie al servizio in camera ho già mangiato una deliziosa pasta con gamberetti e un'insalata nell'istante stesso in cui sono tornata in albergo. Non ho proprio fame.

"Voglio portarti a cena fuori".

Il Blue Fin è un ristorante meraviglioso all'interno dell'hotel; mi affaccio sempre quando ci passo davanti. Sto morendo dalla voglia di entrarci, ma non così.

Guardo lo schermo del telefono pensando a come rispondere. La conferenza per oggi è finita. Manca ancora un giorno e poi torniamo. La cena di stasera non è un impegno di lavoro.

Sembra una cosa personale. Quasi un appuntamento.

"Ho già mangiato. Tu no?"

"Allora prendi il dolce. La cena che ci hanno servito era pessima. Ho ancora fame".

Mi scappa un piccolo sospiro e guardo di nuovo fuori dalla finestra, beandomi della vista sulla città. Dovrei rifiutare. Dovrei starmene nella mia bella camera a riscrivere i miei appunti confusionari e addormentarmi nel mio bel letto morbido. Una ragazza per bene lo farebbe. Non si farebbe tentare da qualcosa di sbagliato, come andare a cena con il proprio capo.

Ma non ho mai detto di essere una ragazza per bene.

Voglio passare del tempo con Matt. Voglio andare a cena con lui e contemplare il suo bellissimo viso dall'altra parte del tavolo. Voglio che mi racconti qualcosa, e poi raccontare qualcosa io e farlo ridere. Voglio che allunghi la mano sul tavolo a prendere la mia, intrecciare le mie dita alle sue.

Voglio tutto questo e voglio che sia con Matt.

Prendo il telefono, le dita sospese per un attimo sulla tastiera per un millisecondo prima di iniziare a digitare.

"Tra mezz'ora hai detto?"

"Sì. Ci stai?".

Un sorriso mi increspa le labbra mentre rispondo.

"Certo".

Matt

Sono esausto. Il jet lag, le corse da una sessione all'altra della conferenza, le informazioni che arrivano da ogni parte mi stanno prosciugando le energie. Sarei dovuto andare dritto in camera, ordinare la cena e piombare in un sonno profondo senza sogni.

Invece niente di tutto questo perché sono qui, ad aspettare Bryn all'ingresso del Blue Fin, con l'impazienza di vederla che mi agita lo stomaco come se fosse una vasca di pesci iperattivi. Da quando siamo arrivati qui a New York ci siamo visti a malapena.

Abbiamo una tabella di marcia differente, seminari in posti strani, come il corridoio del centro congressi questo pomeriggio. Andavo di corsa, ma l'ho chiamata quando l'ho vista uscire da una stanza.

Mi ha salutato con la mano, ed era un amore nei jeans scuri ben aderenti alle sue gambe sexy, con un sorriso riservato ad arricciarle quelle labbra così eccitanti.

Mi è praticamente diventato duro al solo guardarla, anche solo per un attimo fugace.

«Ciao. Spero di non averti fatto aspettare».

Mi giro non appena sento la sua voce sensuale, sorridendo nel trovarmela davanti. Si è cambiata e ora indossa un vestito nero a maniche lunghe, liscio e semplice, che copre praticamente ogni centimetro disponibile, fatta eccezione per viso, mani, caviglie e piedi. Eppure riesce ad avere una sensualità del diavolo, per il fatto che la stoffa le aderisce deliziosamente al corpo.

«Miss James, è straordinariamente bella questa sera».

Le sue guance si colorano di un bel rosa, mentre unisce le mani davanti a sé. «Grazie», mormora, fissando per un attimo gli occhi nei miei, prima di abbassarli di nuovo. «Anche tu stai molto bene».

Indosso ancora i pantaloni neri che ho portato tutto il giorno, ma ho cambiato la camicia con una button-down bianca, subito dopo averle mandato il messaggio, per mantenere una certa eleganza, dal momento che immaginavo che il Blue Fin avesse un certo dress code. In realtà avevo pensato di andare a cena da solo. Per lo meno mi ero detto così. «Grazie, ci sediamo?».

Annuisce e subito la accompagno verso il desk e chiedo un tavolo per due. La hostess prende due menù e ci accompagna per una immacolata scala di metallo che porta a una specie di zona riservata, piena di piccoli séparé disposti lungo la parete, che guardano verso le sfavillanti luci di Times Square. Sull'altro lato, un piccolo quartetto jazz suona una musica dolce e rilassante che contribuisce ad aumentare l'atmosfera tranquilla.

«Tu non hai fame?», chiedo aprendo il menù, non appena la hostess ci lascia. «Io sto morendo. Quel pollo con riso pilaf asciutto alla conferenza mi ha fatto il solletico».

Ride e quel suono così dolce mi avvolge, accendendomi di desiderio. Di lei. «Sembra terribile».

«Lo era». Scorro le pietanze e a leggerne alcune lo stomaco brontola, soprattutto al filetto mignon in crosta di gorgonzola. «Ho deciso», dico chiudendo di scatto il menù.

«Anch'io», dice facendo lo stesso gesto, con gli occhi scintillanti nei miei. È bellissima a lume di candela, e posso sentire il suo profumo. Quella sua essenza inebriante che mi sta facendo impazzire. Non so se potrò resistere ancora per molto.

«Un dolce?»

«Penso di sì. Mi sono già riempita di pasta con il servizio in camera prima. Era deliziosa». E sorride, con una piccola, misteriosa incurvatura delle labbra che mi fa venire voglia di conoscere tutti i suoi segreti. Ne ha tanti. Non conosco molto di lei e lo vorrei tanto. Vederla come è ora, passare del tempo con lei, mi rende avido.

Voglio di più. Ancora più Bryn.

«È quello che avrei dovuto fare io invece di andare a sentire quel relatore. Era noioso». Bevo un sorso di acqua, sperando che attenui la sete del corpo. Solo a guardarla, a vedere come la fiamma della candela che danza sul nostro tavolo la illumina di una luce dorata, resto ipnotizzato dalla sua bellezza, da come appaia a proprio agio a stare con me stasera. È una novità. Non ci succedeva da settimane.

«Avremmo dovuto saltare entrambi le conferenze e visitare la città», dice Bryn. «Lo so che siamo qui per lavoro, ma non sono mai stata a New York».

«È folle, non è vero?».

Annuisce. «Mi sento una vera provinciale qui. Nel senso che vorrei fermarmi nel bel mezzo del marciapiede e guardarmi intorno e basta. Tutta la gente, il rumore, le luci, gli odori – davvero non ho mai visto niente del genere. A Cactus non c'è un posto così».

Mi piace quando mi parla del suo passato, anche se lo fa meno di quanto vorrei. Mi offre uno scorcio del suo mondo che non riesco a vedere. È una persona molto riservata, non posso certo biasimarla, ma sono curioso.

Il cameriere si avvicina e ordiniamo da bere – acqua per Bryn e una birra per me – più un pasticcio di granchio come antipasto da dividere, ma lei rifiuta.

«Non amo i frutti di mare», dice arricciando il naso.

Accidenti quant'è bella. Ho notato che quando è

stanca o rilassata, fa una leggera comparsa l'accento del Sud.

«Davvero? Io li adoro».

«Non abbiamo tanti frutti di mare a Cactus, se capisci cosa intendo. È terribilmente arido e piatto e non c'è alcun oceano in vista».

Siamo cresciuti in mondi completamente diversi. Io ho passato tutta la mia vita nella Bay Area, saltando dietro a mio padre da un posto all'altro, ma senza mai allontanarmi troppo. Essendo cresciuto accanto all'oceano in una città tanto grande, non ho mai pensato all'effetto che possa aver avuto su di me. In che modo possa aver influenzato la mia visione del mondo. Per Bryn, invece, crescere in una cittadina in mezzo al nulla ha avuto un effetto profondo. «Cosa ti ha spinto a lasciare la tua città?»

«Lì non c'era niente per me», dice quasi sulla difensiva e mi chiedo perché. Sembra sempre che ci sia qualcosa di non detto nei suoi ragionamenti e non me ne parla. «È una cittadina che non porta da nessuna parte. Mentre io volevo una meta». Distoglie lo sguardo dal mio e fissa il vuoto. «Ma a volte, se non hai altra scelta, devi accontentarti, giusto?».

No, non è giusto. Non sono mai stato uno che si è fermato. Quando c'è stato qualcosa che volevo, l'ho sempre inseguito fin quando non l'ho ottenuto. Mi sono sempre piaciute le sfide. «Fermarsi nel nulla suona come l'ultima spiaggia».

«E quando le hai provate tutte e niente ti ha soddisfatto?», chiede, la voce che diventa un sussurro mentre il suo sguardo torna a incontrare il mio, gli occhi spalancati, l'espressione… afflitta.

Subito ho l'istinto di consolarla. Abbracciarla e rassicurarla che andrà tutto bene. Non so neanche di cosa stia parlando, ma non mi importa. Mi risveglia un senso di protezione che non credevo di possedere.

«A cosa ti riferisci, Bryn?». C'è sicuramente qualcosa di più in quello che mi sta dicendo e voglio sapere.

«Ho lasciato la città perché ho avuto una brutta esperienza al lavoro». Un buffo sorrisetto le attraversa le labbra e mi chiedo a che tipo di brutta esperienza si riferisca. «Sono andata a Los Angeles perché avevo deciso di diventare fotomodella. Sono alta, ho un viso decente e avevo deciso di farne una professione. Ma è stato un disastro».

Posso solo immaginare. Ne ho sentite a bizzeffe di come Hollywood mastichi queste belle ragazze ingenue e poi le sputi.

Bryn era abbastanza affascinante da riscuotere interesse. Probabilmente per lo più sessuale, dal momento che molti di quegli squallidi fotografi e registi che riempiono le strade di Hollywood non fanno niente per una ragazza a meno che prima non vada a letto con loro.

«Quindi il lavoro alla cantina è stato l'ultimo tentativo prima di tornare a casa, l'ho trovato su Craigslist. Ho riempito la mia vecchia Saturn con le mie poche stupidaggini e ho guidato verso nord nella terra delle nuove opportunità. Solo per scoprire che l'azienda era appesa a un filo e che a conti fatti neanche ci pagavano abbastanza. Fino a che non sei arrivato tu e ci hai salvato tutti».

Il cameriere sceglie proprio questo momento per fare la sua comparsa con le bevande e il mio antipasto, interrompendo la storia di Bryn. Aspetto con impazienza che posi tutto davanti a noi e prenda le ordinazioni per la cena – o meglio la mia ordinazione, dal momento che Bryn sceglie solo una torta al caramello salato. Il cameriere prova perfino a fare conversazione, fino a che non gli scocco un'occhiata eloquente e quello, colto il suggerimento, se ne va.

«Matt, è stato davvero scortese da parte tua», mi rimprovera Bryn non appena l'uomo si allontana. «Stava solo cercando di fare il suo lavoro e di essere gentile».

«Ti ha interrotto». Mi metto il tovagliolo sulle gambe e mi tuffo nel mio pasticcio di granchio. Il profumo è ottimo, la salsa che lo accompagna è deliziosa e il mio stomaco affamato applaude la mia scelta non appena inizio a mangiare. «Vai avanti», la invito dopo aver ingoiato il primo boccone.

«È presto detto. Tu sei stato il mio salvatore e ora ce ne stiamo qui, a New York. Tu che fai vedere a me, una bifolca di campagna, come vive la gente delle grandi città». Posa il gomito sul bordo del tavolo e il mento sul pugno chiuso. «Mi hai mostrato così tante cose in così poco tempo, Matt, e di questo te ne sarò eternamente grata».

Sta parlando in un modo che mi crea imbarazzo. «Ti farò vedere anche altro se me lo permetterai», dico con un chiaro doppio senso. Perché fingere ancora?

Sono stufo. Non so se lo è anche lei, dal momento che non fa che cambiare atteggiamento, ma io sono uno che insegue qualcosa – o qualcuno – quando capisce di volerlo.

E io voglio lei. Bryn. Sono stanco di combattere l'attrazione che provo nei suoi confronti.

Toglie il braccio dal tavolo e subito dopo si appoggia allo schienale della sedia. «Che cosa vuoi dire?».

Do un'alzata di spalle. «Intendila come vuoi».

Lei mi guarda per un lungo istante, in silenzio, passando in rassegna il mio viso, poi allunga la mano per prendere il bicchiere d'acqua e ne beve la metà. «Non ci vengo a letto con te, Matt», dice dopo aver posato il bicchiere sul tavolo.

Sono sconcertato, ma compiaciuto dalla sua audacia. «Quello che intendevo non richiede necessariamente un letto, Bryn».

Con la bocca leggermente aperta, spalanca gli occhi. «Non dovremmo».

«Perché no?»

«Perché lavoro per te».

«Lo so. E questo piccolo particolare rende la mia attrazione per te piuttosto... imbarazzante». Ecco. L'ho detto. E non me lo rimangerò.

«Ho provato a resistere». Abbassa la testa, guardandosi la pancia, e vorrei allungare le braccia verso di lei. Abbracciarla e rassicurarla, farle sapere che non è sola in questo mare in tempesta di emozioni e desideri e necessità.

Sono proprio qui con lei, che affogo in questo mare

agitato e spero che alla fine sia Bryn a tirarmi la fune e riportarmi a bordo.

«Anche io ci ho provato», confesso in un mormorio. «Ma evidentemente non ha funzionato dal momento che ti desidero ancora».

«È un desiderio per qualcosa che non puoi avere?». Ha ancora la testa bassa, la voce così flebile che a malapena riesco a sentirla.

Non ho più fame. Poso la forchetta a lato del piatto e lo spingo via. Tutto quello cui riesco a pensare, tutto quello che voglio è la donna seduta di fronte a me. «No. È voglia di qualcosa che ho solo assaggiato e ne voglio ancora. Ancora te».

Lentamente solleva la testa, il suo sguardo incontra il mio. «Ho avuto problemi per averlo fatto in precedenza».

Corrugo la fronte, non capisco perché cambi argomento. «Fatto cosa?»

«Andare a letto con il mio capo. Avevo diciannove anni. Era il mio primo vero lavoro. Il mio capo ci ha provato con me e ha sfoderato tutto il suo fascino fino a che non sono capitolata e rimasta ammaliata». Si ferma, si inumidisce le labbra. «Praticamente mi rincorreva intorno alla scrivania. Era diventato il suo… gioco. E a me piaceva. Alla fine mi sono fatta prendere».

«Cos'è successo?». Sono terrorizzato. Non sono sicuro di voler sentire la risposta.

«Gli ho permesso di baciarmi. Tanto. E… anche altro. Abbiamo fatto sesso, proprio lì nel suo ufficio. Mi aveva fatto un sacco di promesse e io ci ho creduto.

Eccome se gli ho creduto. Pensavo di aver incontrato l'uomo perfetto per me. Più grande, esperto e sofisticato. Pensavo che mi avrebbe portato in giro e mostrato il mondo». Fa la sua faccia buffa, alzando gli occhi al cielo con un sorrisetto come se non riuscisse a credere di essere stata così sciocca. «Poi ho scoperto che era sposato e aveva un figlio. Sua moglie mi ha chiamato e mi ha urlato contro. Mi ha detto di aver trovato i messaggi che il marito mi mandava e non riuscivo a credere che lui li conservasse nel telefono. Mi ha chiamato puttana, troia e rovinafamiglie».

«Eri giovane», dico a sua discolpa. «E lui ti ha ingannato».

«Ero stupida. E una rovinafamiglie proprio come aveva detto lei. Come potevo non sapere che era sposato? Cactus è un piccolo centro. Avrei dovuto saperlo». Serra forte le labbra, sull'orlo delle lacrime.

Allungo la mano sul tavolo e le prendo il braccio, sollevandolo per intrecciare le mie dita alle sue e stringerle. «Dài, basta. Non abbatterti. Non lo sapevi».

«Sono stata un'idiota», dice tirando su con il naso.

«No, non è vero». Il suo capo è stato uno stronzo nel vero senso della parola. Ha approfittato di una ragazzina ingenua. L'ha fatta cadere tra le sue braccia quando lui era già sposato.

«Ho fatto sesso con il mio capo sposato».

«Io non sono lui. E sicuramente non sono sposato». Allungo verso di lei anche l'altra mano, sollevandole il mento. «E ancora non ho figli. Puoi baciare questo capo quanto vuoi».

Sorride, nonostante tutto: un sorriso pieno, splendido, bellissimo che non credo di averle mai visto. «Tu mi piaci, Matthew DeLuca. Tanto».

«Tanto da baciarmi di nuovo?», chiedo, con il cuore che inizia ad accelerare.

«Non dovremmo farlo».

«Tante cose non dovremmo fare». Mi piego in avanti, esito proprio sopra le sue labbra, sentendo il suo respiro mescolarsi al mio. «Ma a volte vanno fatte».

Capitolo 11

Bryn

Detto questo, mi bacia. La sua bocca tocca delicatamente la mia, subito dopo si allontana un attimo e mi sorride. Poi si riavvicina e mi bacia di nuovo, stavolta sul serio, con calore e passione, piccoli gemiti e mugolii accennati. Mi perdo nel suo sapore, nel modo in cui mi stringe le dita con le sue, e per come mi tiene il mento accarezzandomi la pelle.

Proprio qui, in un séparé di un ristorante in pieno centro a Times Square, Matt mi bacia con tutta l'intenzione. Dopo aver sentito pezzi e bocconi della mia squallida storia, come se non lo avesse minimamente toccato. Ah, e ha mostrato empatia sempre al momento giusto – sconcerto, rifiuto e disgusto – ma mai verso di me. È come se avesse davvero capito come sono andate le cose.

E mi ha baciato lo stesso.

Qualcuno si schiarisce la gola, mi stacco da Matt per trovare il cameriere davanti al nostro tavolo, con un sorriso soddisfatto e un vassoio con i nostri piatti. Matt si allontana da me con riluttanza, lasciandomi andare la mano mentre il cameriere porta via il suo antipasto che non ha quasi toccato.

La torta è qui davanti a me e solo a vederla mi viene l'acquolina. È bianca, con caramello e frutti di bosco come decorazione, l'odore intenso e dolce mi fa sospirare profondamente, e spuntare un fugace sorriso. Guardo in direzione di Matt e vedo che mi guarda, affamato, ma l'enorme bistecca resta davanti a lui, ignorata, dal momento che continua a fissarmi.

«Buon appetito», dice il cameriere prima di lasciarci e non posso fare a meno di pensare che sì, effettivamente abbiamo un bell'appetito.

Ma quello che aspetto con ansia è il *dopocena*.

So che Matt prova la stessa cosa.

«Hai visto la mia stanza?», mi chiede Matt nel momento in cui mi fa entrare nell'ascensore vuoto, mano nella mano.

Scuoto la testa lentamente, godendomi il fatto di essere tanto vicini. Gli riesco a vedere la ricrescita della barba sulle guance, la cicatrice proprio sotto il mento. Abbassa lo sguardo su di me, le ombre scure sotto gli occhi denotano il fatto che non ha dormito molto. Considerando quanto è stato impegnato ultimamente, la cosa non mi sorprende.

«Sono quasi certa che sia uguale alla mia», dico, sperando che capisca che sono tesa.

«Ah no, la mia è meglio. Lo posso quasi giurare». Mi stringe la mano e mi tira a sé, tanto che mi ritrovo con la schiena contro il suo petto. Mi lascia la mano e posa le sue, grandi e calde, sulle mie spalle. «Sei tesa».

Non ho il coraggio di dirgli che è per causa sua. Tutta

la carica sessuale che è montata tra noi nelle ultime settimane e negli ultimi mesi, mi ha sopraffatto.

Le porte scorrevoli dell'ascensore si aprono e Matt mi dà una piccola spinta, quindi esco, con lui che mi segue da vicino. Ci dirigiamo verso la sua camera, e, emozionata e agitata, aspetto che inserisca la tessera nella fessura e che la piccola luce diventi verde. Apre e lo seguo all'interno, per restare senza fiato quando si gira e mi spinge contro la porta.

Le sue mani sui miei fianchi mentre mi tiene ferma in quella posizione, la testa che si abbassa su di me. Le nostre bocche si incontrano. Respiro sulle sue labbra e lo sento sorridere prima di affondare il bacio e poi non c'è tempo né per respirare né per dire una parola.

Posso solo assaporare. Assaporare la sensazione della sua bocca sulla mia, delle sue dita che premono sulla stoffa del vestito e sulla mia pelle. Il metallo freddo della porta è uno shock per la mia schiena, in confronto al puro calore che irradia dal corpo di Matt quando mi si avvicina, così tanto che non riesco a vedere, né sentire, né annusare altro. La sua lingua affonda, le mani tirano la stoffa del vestito e lo sollevano sempre di più fino a che non sento il freddo sulle cosce e capisco che è arrivato fino a lì.

Tiro via le labbra dalle sue, nel disperato tentativo di rallentare. Il mio cervello deve riafferrare il corpo prima che faccia qualcosa di folle e stupido. «Pensavo mi volessi far vedere la tua stanza».

Matt riporta la bocca su di me, lungo il collo, ricoprendolo di baci piccoli, caldi e umidi. Mi sento bagnata tra le gambe solo per avere la sua bocca premuta sul collo e mi afferro a lui per paura di cadere. «Mi sembrava che avessi detto che era uguale alla tua», sussurra contro la mia pelle.

«Però mi piacerebbe vederla». Faccio una leggera pressione sulle sue spalle, cercando di farlo indietreggiare senza bisogno di doverglielo chiedere a parole. Ho bisogno di spazio. Mi piace averlo nel mio spazio ma...

Non sono molto brava in queste cose. Non ho molta esperienza. Soprattutto con un uomo come Matthew DeLuca, che sicuramente ha più esperienza di me – ex giocatore di baseball, deve aver avuto sempre una marea di donne ai suoi piedi.

Solleva la testa, i suoi occhi scuri incontrano i miei e, allontanandosi, lascia cadere le mani dai miei fianchi. «Vieni allora, ti faccio fare un giro».

Mi rimetto a posto il vestito e lo seguo all'interno della camera, con le gambe ancora tremanti per l'intensità dei suoi baci e delle sue carezze. L'effetto su di me è stato così potente, così incredibilmente coinvolgente, che non so bene cosa pensare, come pensare.

«Allora? È come la tua?», mi chiede quando ci avviciniamo alla finestra panoramica sulla città.

Mi guardo intorno, vedo le orchidee, il piumone rosa ai piedi del letto, gli arredi di vetro lucido. «Assolutamente identica».

«Allora devi avere un capo magnifico», dice con un sorriso accennato. Dio, se è sexy. «Visto che ti porta in un albergo del genere».

«Sì, piuttosto magnifico», dico a voce bassa. «È in gamba, ha successo, ha tanti soldi ma non lo ostenta per niente. In effetti a volte mi dimentico che sia tanto ricco».

Il suo sorriso si spegne e la sua espressione si fa seria. «Preferisci così, Bryn? La mia... condizione finanziaria ti intimidisce?».

Alzo le spalle, cercando di reprimere le mie paure di piccola provinciale perché non ritornino a galla come tentano sempre di fare, riuscendoci, quando si parla di soldi, stato sociale e ricchezza. «Un po'», ammetto.

È qualcosa a cui non ho mai pensato. Matt può avere tutto quello che vuole. Con tutti i soldi che ha può uscire e comprare tutto quello che gli piace. È un miliardario, per amor del cielo, eppure so che non vive in una casa gigantesca e non l'ho mai visto guidare una di quelle automobili vergognosamente belle, a parte la sua notevole – e stupenda – Range Rover. Non ostenta, non cerca di apparire in ogni modo, come posso ben credere che faccia suo padre.

E lo trovo estremamente attraente per la semplicità in cui vive. Se fosse stato uno che ostenta la ricchezza, come Archer Bancroft, che mi intimidisce a morte ogni volta che lo vedo, non penso che sarei riuscita ad avere a che fare con Matt.

Ma non è assolutamente così. È gentile, cortese, dolce, gran lavoratore, sexy più di quanto si possa pensare.

«Non lo permetto». Viene verso di me e preme la bocca contro la mia in un bacio tanto prolungato da stordirmi. «E comunque hai dimenticato di dire una cosa di me».

Corrugo la fronte e mi concedo quello che ho desiderato fare per tutta la sera. Gli accarezzo il viso, passando il palmo aperto sulle sue guance, per sentire la barba leggermente ruvida contro la pelle. «Cosa?»

«Che ho un aspetto irresistibile». Fa un sorrisetto ironico e io scoppio a ridere, ma lui soffoca la risata un secondo dopo con la bocca, con un bacio così deliziosamente profondo che il cuore mi va in tumulto, le gambe cedono e mi abbandono contro di lui, persa nel suo sapore e nel modo in cui le sue braccia mi si allacciano intorno ai fianchi.

Mi libero del suo abbraccio senza una parola e lui me lo lascia fare. Vado alla finestra, nel disperato tentativo di raccogliere i pensieri in fuga mentre fisso la città che si estende davanti ai miei occhi. Premendo le dita contro il vetro freddo guardo in giù le sfavillanti luci di Times Square, quello che sembra un milione di persone che riempie marciapiedi, automobili, strade.

«La vista mi è familiare», gli dico girandomi appena e sorridendo quando lo sento fermarsi proprio dietro di me, come ha fatto quando eravamo in ascensore. Ma stavolta non mi tocca le spalle.

Posa le grandi mani sui miei fianchi e stringe con decisione, prima di farmi indietreggiare. «Nervosa?».

Chiudo gli occhi, perdendomi nel suo tocco sicuro, nel modo in cui mi stringe e mi massaggia la pelle. Ogni cosa dentro di me si scioglie quando tira su lentamente il vestito fino ad arrotolarlo tutto proprio sotto il sedere, scoprendo gambe e cosce. «Sì», ammetto con un sospiro.

«Non devi. Farò piano», promette e gli credo. «Cristo, hai le gambe più sexy che abbia mai visto». Mi afferra per i fianchi e mi tira leggermente a sé, quindi mi piega all'altezza della vita, con il sedere all'indietro. Sono in una posizione decisamente erotica. E quando si avvicina, con il mio fondoschiena che struscia contro la parte anteriore dei suoi jeans, mi mordo le labbra per trattenere un gemito.

«Avvicinati alla finestra», ordina e io obbedisco cercando il più possibile di rimanere in quella posizione. Infila le mani sotto la stoffa arrotolata, carezzandomi i fianchi, e le dita si agganciano all'elastico dei miei slip. Li tira giù, lungo il sedere, le cosce e poi lo aiuto, calciandoli via quando si incastrano nelle scarpe. Faccio per levare anche quelle ma il suo ordine oscuro mi blocca.

«Le scarpe tienile».

O mio Dio.

Matt

I suoi slip sono di pizzo bianco, una striscia di tessuto che probabilmente la copre a stento, anche se non posso saperlo dal momento che li ho tirati via e ora se ne stanno buttati sul pavimento qui vicino.

Ma non me ne dispiaccio.

È una contraddizione continua. Innocente ma sexy, con un viso d'angelo ma un corpo che sembra fatto apposta per il peccato. Un minuto è timida e sembra inesperta, l'attimo dopo ride, e diventa così sensuale che sembra voglia divorarmi in un sol boccone.

Mi piace. Mi piace da morire e voglio scoprire tutto di lei, tutto ciò che ha dentro, tutto ciò che la fa essere quello che è. Ma quando è con me si trattiene. Durante la cena mi ha raccontato solo parte del suo passato. È una donna in fuga dai propri problemi. Si comporta come se volesse scappare anche da me.

Ma io non la lascerò andare. Dopo stanotte capirà a chi appartiene.

A me.

Ho aspettato questo momento troppo a lungo per prolungarlo ancora, quindi la afferro per i fianchi e mi spingo contro di lei, le faccio sentire quanto sono duro contro quel suo sedere voglioso. Lei piega in giù la testa e geme, quel suono agonizzante mi arriva dritto all'uccello e, diavolo, voglio penetrarla adesso. Riempirla di me e scoprire alla fine cosa si prova a fare finalmente parte di lei.

Ecco cosa cerco. Quell'unione... fusione di corpi, menti e anime. Lo voglio, ne ho maledettamente bisogno, e afferro le punte dei suoi capelli neri e grossi, tirando leggermente finché non si tira su e gira la testa in modo che possa baciarla con tutto il sentimento che ho dentro.

Annaspa contro la mia bocca, il braccio intorno alla mia testa, per tenermi attaccato a lei mentre le lingue si scontrano e si spingono l'un l'altra e i corpi fanno altrettanto. Voglio prenderla così. So bene che non è la posizione più romantica del mondo, ma in questo momento non mi sento molto romantico.

Mi sento possessivo. Come se volessi marchiarla e farle sapere che è mia. Interrompo il bacio, la aiuto a togliersi il vestito ed eccola di fronte a me, con niente altro che un reggiseno di pizzo bianco e quelle scarpe nere col tacco così sexy.

Accidenti, è meravigliosa. Riesco a vedere i suoi capezzoli rosa, duri, che premono contro quell'innocente pizzo bianco, il petto così pieno che sembra che voglia scapparne fuori. «Toglilo», dico bruscamente, indicando il petto.

Lo fa senza esitare, le mani dietro la schiena a slacciarlo e in un attimo è andato, volato giù sul pavimento a far compagnia agli slip. È davanti a me completamente nuda fatta eccezione per le scarpe mentre io sono ancora completamente vestito.

Vaffanculo, ecco fatto. Sono spacciato.

Maledetta scommessa da un milione di dollari.

Se Archer o Gage scoprono che sono stato con Bryn, sono cazzi. Ma quel che fatto è fatto.

Devo farla mia.

Allungando la mano dietro di me, prendo il portafoglio e lo apro, tirandone fuori l'unico preservativo che tengo lì dentro. Sono mesi che non vado con una donna. Ho una paura folle di venire nell'attimo stesso in cui scivolerò nel corpo di Bryn, ma chiudo gli occhi e respiro profondamente per cercare di tenere sotto controllo il desiderio.

Ma è così terribilmente difficile.

«Voglio scoparti proprio qui», sussurro mentre mi avvicino al suo spazio, il suo corpo nudo premuto contro il vetro freddo e il mio corpo contro il suo. «Da dietro, mentre tu guardi il panorama. Chiedendoti se qualcuno ci vede».

Emette un respiro tremante. «Va... va bene».

«Ti dispiace? Che facciamo sesso per la prima volta in questo modo?». Le bacio la punta dell'orecchio, da dietro. Tiro i capelli da una parte, per poter strofinare le labbra sulla nuca, lungo la spalla. La sua pelle è morbida, fragrante di quel profumo unico che tira fuori il mio lato animale, e mi piego su di lei, per un lungo, lunghissimo momento, sopraffatto dall'effetto che mi fa e da come mi fa sentire.

«No», dice dolcemente mentre fa ruotare i fianchi, il sedere che strofina contro la mia erezione coperta dai denim. «Mi... mi piace, credo».

Chiudo gli occhi, sollevato dalla sua accondiscendenza. Non voglio insistere, è fragile, posso dirlo, e non voglio assolutamente rovinare niente stanotte.

Le prendo il viso con una mano e lei si gira verso di me, le nostre bocche si scontrano, le lingue scivolano una contro l'altra. Con la mano libera armeggio con la fibbia della cintura, nell'ansia di slacciarla per potermi aprire i jeans e liberare la mia erezione. Poi indossare il preservativo e spingermi dentro di lei dolcemente e piano, guardando mentre entro nel suo corpo per la prima volta.

Un brivido mi percorre e interrompo il bacio, cercando di riprendere il controllo. «Punta le mani contro la finestra», le dico e lei lo fa, allargando le gambe e io faccio un passo indietro per dare un'occhiata alle sue profondità rosate.

Gemendo, la tocco lì, facendole scivolare due dita tra le gambe. È bagnata fradicia e io finisco di slacciare la cintura e aprire il bottone dei jeans. Si sta strofinando contro le mie dita con un leggero movimento dei fianchi, allora le strofino il clitoride, mentre la sento annaspare e gemere.

Il mio tentativo di liberarmi dei jeans è momentaneamente dimenticato, e vado più in profondità, infilando le dita nel suo caldo canale vellutato, facendo impazzire entrambi di desiderio. Voglio farla venire con le dita, voglio vederla crollare per colpa della mia mano, e inizio a sussurrarle parole sconce nelle orecchie. Quanto la voglio scopare, quanto è bagnata, quanto è bello sentirla. Lei manda la testa indietro, occhi chiusi, la bocca aperta mentre ansima freneticamente e poi viene sulle mie dita, le sue pareti interne che tremano, tutto il suo corpo scosso da fremiti.

Devo entrare in lei, adesso.

In pochi secondi indosso il preservativo, entro nel suo corpo ancora fremente, scivolando in profondità e gemendo quando la riempio completamente. Lei si abbandona a me e resto fermo, lasciando che si abitui ad avermi dentro di lei e tutt'intorno e che la tenga. La schiena è coperta da un leggero velo di sudore, il suo profumo così forte che mi riempie i sensi e lentamente inizio a muovermi.

Dentro e fuori, i miei movimenti sono poco profondi,

intenti a prolungare il momento. I suoi fianchi iniziano a muoversi alle mie spinte e presto aumento la velocità, Bryn tiene lo stesso ritmo spingendo indietro ogni volta che spingo in avanti, mandandomi sempre più in profondità fino a che non posso più. Sono completamente preso da lei.

Sono suo. Lei è mia.

«Più forte», annaspa quando rallento, con quella familiare sensazione di solletico alla spina dorsale che mi avverte che sto per venire e che l'orgasmo stavolta sarà violento.

«Baby, se lo faccio verrò subito», confesso a denti stretti.

«Va bene», sussurra, girando la testa per guardarmi con un'espressione di meraviglia e puro, genuino piacere. «Ti prego, Matt».

Non mi devo certo far pregare. Le stringo i fianchi e inizio a muovermi in lei in preda a un desiderio ardente. Ancora e ancora, sempre più forte fino a venire, il suo nome che mi esce dalla bocca e intanto esplodo più e più volte in un orgasmo violento, mentre sono sempre sopra di lei, incapace di muovermi, ma solo di scoprire finalmente la splendida sensazione di venire dentro Bryn per la prima volta.

Capitolo 12

Matt

Mi sento il re di questo cazzo di mondo. Mi sono addormentato con Bryn tra le braccia, il suo corpo nudo attorcigliato al mio, i suoi capelli profumati sul viso. Ci siamo svegliati due volte durante la notte, e siamo arrivati all'orgasmo in modo del tutto naturale, entrambe le volte. La prima è stata su mia iniziativa, quando ho iniziato a baciarla su tutto il corpo, tra le gambe, fino a che non l'ho sentita contorcersi e venire sotto la mia lingua e le mie labbra.

Mi ha restituito il favore succhiandolo così a fondo che ho iniziato a gemere tanto forte da svegliare probabilmente l'intero piano dell'hotel. Mi ha fatto venire in pochissimo tempo, il che è imbarazzante.

La seconda volta, mi ha svegliato lei. È stato il suo turno di ricoprirmi di baci, facendomi impazzire con la sua bocca umida e vogliosa. Alla fine ha preso un preservativo, me lo ha infilato e mi è salita sopra portandomi in una condizione di estasi, raggiungendo a sua volta l'orgasmo muovendosi su di me.

È stato davvero eccitante. Così eccitante che l'ho afferrata e rovesciata in modo da bloccarla sotto di me, dopodiché mi sono infilato dentro di lei più e più volte fino a diventare un ammasso ansimante ed esausto.

Siamo crollati uno nelle braccia dell'altra e dormito per tutto il resto della notte fino a che la sveglia del mio cellulare non ha suonato, ricordandoci il motivo per cui siamo qui.

La conferenza Savor.

Ci siamo fatti la doccia insieme, dopo lei si è infilata un accappatoio ed è tornata nella sua stanza dove ha finito di prepararsi. Poi, insieme, abbiamo preso un taxi fino alla conferenza perché il tempo era uno schifo.

Le ho tenuto la mano per tutto il tragitto, le dita intrecciate con naturalezza, a dimostrazione della nostra relazione e di come mi sentivo. Di solito questo genere di stronzate mi spaventa a morte, ma non stavolta. Non con Bryn. Voglio che faccia parte della mia vita. Non importa che lavori per me. Diavolo, può diventare la mia compagna, aiutarmi a portare avanti l'azienda e a prendere decisioni, cosa che, peraltro, già fa.

Mi piace così tanto quest'idea che so che gliene parlerò più tardi, stasera, quando ci incontreremo di nuovo al termine delle sessioni della conferenza. Magari rifiuterà, dirà che non lo merita, e una cosa ho capito di lei da quando ho iniziato a lavorarci insieme: Bryn non crede molto in se stessa.

Invece dovrebbe. Ha talento, è sveglia e mi segue come nessun altro. Ogni sua opinione è ben ponderata e pensa sempre, sempre in anticipo quando si tratta di lavoro. L'azienda è costantemente al centro dei suoi pensieri ed è esattamente quello che mi serve.

Bryn è tutto quello di cui ho bisogno.

Trascorro la giornata come un coglione stordito d'amore, che poi è esattamente come mi sento. Non riesco a concentrarmi, non riesco a seguire quello che il relatore sta dicendo in quella che è una delle conferenze più importanti a cui sto assistendo. Non faccio che battere un piede a terra e ripensare alla notte appena trascorsa. Alla sensazione di avere Bryn tra le braccia. Al sapore dei suoi capezzoli. Ai versi che fa e come è quando viene. A quel piccolo sorriso compiaciuto che le ha arricciato le labbra stamattina quando l'ho fatta girare e le ho detto che avrebbe dovuto farsi la doccia con me.

No, non posso perdere tutto questo. Non voglio perdere tutto questo. Penso davvero che tra me e Bryn possa funzionare.

Ma prima devo essere certo che anche a lei interessi andare oltre una semplice avventura mentre siamo fuori città.

Quando finalmente rientro in albergo, so che lei è già qui perché mi ha mandato un messaggio circa un'ora fa. Sono emozionato e non vedo l'ora di dirle della mia grande idea sul nostro futuro insieme, personale e professionale, pianificato mentre avrei dovuto ascoltare le prospettive future della produzione di vino.

Ah be', vaffanculo. Ho preferito pensare a Bryn.

Ma nel momento in cui entro nella mia camera percepisco che qualcosa è cambiato. È seduta sul bordo del letto – le ho dato la chiave quando ci siamo separati stamattina – la testa chinata mentre scorre qualcosa sul cellulare. Le spalle sono curve, i capelli sciolti, che scendono a schermarle il viso. C'è qualcosa che non va. Lo sento nell'aria.

«Ehi», dico chiudendo piano la porta alle mie spalle. «Tutto bene?».

Solleva la testa, gli occhi umidi nei miei e ho un tuffo al cuore. Ha pianto. Perché? Per me?

Oddio, spero di no.

«Che succede?», chiedo mentre mi affretto verso di lei, che mi porge il telefono girando la testa così da non dovermi guardare.

«Leggi qua», dice con la voce arrochita da lacrime non scese.

Prendo il telefono e vedo un articolo di un famoso sito di gossip. C'è una foto sfocata di Bryn e me alla finestra, ha il vestito arrotolato sui fianchi, si intravedono gli slip candidi. Solo un idiota non capirebbe cosa stiamo facendo. Io sono in piedi dietro di lei, con le mani sui suoi fianchi.

Il titolo mi manda l'umore sotto le scarpe.

L'ex giocatore di baseball Matt DeLuca fa il giro delle basi con la sua segretaria!

«Merda», dico a voce alta mentre cado pesantemente a sedere sul materasso accanto a lei, scorrendo l'articolo. Parla di me e Bryn, di come lei lavori per me da quando ho rilevato l'azienda, e di come portiamo avanti una relazione bollente da mesi. La fonte non identificata parla di come questa nostra presunta relazione sarà la rovina della mia nuova avventura, se non sto attento.

La ciliegina sulla torta? La fonte continua dicendo

che sono come mio padre, che è stato invischiato in più di uno scandalo fin dagli inizi della sua carriera con gli Oakland Athletics: "Tale padre, tale figlio, la mela non cade mai lontana dall'albero. Anche se alla fine il padre è sempre caduto in piedi. Vedremo se anche per suo figlio sarà la stessa cosa".

«Chi cazzo può averlo fatto?», chiedo torvo, rilanciandole il telefono. Ho i miei sospetti. Solo che non voglio ancora dirli ad alta voce. «Dobbiamo scoprire chi c'è dietro a ogni singola parola di questo stupido articolo pieno di bugie».

Bryn è sempre a testa bassa, come se non riuscisse a guardarmi negli occhi. «Non sono bugie, è la verità».

«Non era verità fino a ieri sera e quello non conta», dico mentre tiro fuori il mio cellulare su cui trovo alcuni messaggi di Archer e Gage che chiedono entrambi cosa diavolo stia succedendo con quell'articolo rimbalzato ovunque.

Ah, e ho anche un messaggio vocale di mio padre. Interessante.

Mi rifiuto di ascoltarlo. Non ora, non davanti a Bryn. Ho bisogno di mantenere il controllo prima di perderlo completamente.

Penso che ci sia il suo zampino. Tutto il tono dell'articolo mi fa pensare che dietro ci sia lui. A farmi sospettare è il fatto che l'articolo lo menzioni più di una volta, quando di lui non si parla più da anni.

«Non conta?». Bryn solleva la testa, gli occhi furiosi nei miei. «Stai dicendo che quello che è successo tra noi ieri sera non conta?»

«No. Non intendevo questo». Scuoto lentamente la testa, meravigliato di tutte le emozioni che le vedo passare negli occhi. «Penso... merda, penso che dietro a tutto questo ci sia mio padre. Chissà quant'è che cerca di vendere questo articolo, probabilmente proprio dal giorno dell'inaugurazione, quando tu lo hai gentilmente accompagnato e messo alla porta».

«Non l'ho gentilmente accompagnato e messo alla porta», ammette. «Mi ha detto cose orribili e mi ha fondamentalmente accusato di essere una puttana e di andare a letto con suo figlio. Ah, e ha anche detto che quando mi fossi stancata di te, sarei potuta andare a fare sesso con lui tutte le volte che volevo. Sai, perché voi due siete simili in tutto e così via». A quel punto emette un piccolo verso arrabbiato a metà tra un ringhio e uno squittio. «Quell'uomo è un porco».

Cazzo. Dilla tutta, allora. E la cosa peggiore qual è? Che è mio padre. E che probabilmente io sono come lui.

«Ti ha detto così?», chiedo debolmente, irrigidendomi quando si alza per lanciarmi un'occhiata infuriata.

«Sì! Mi ha fatto sentire come la puttana da quattro soldi che evidentemente tutti pensano che io sia. E, guarda un po', facendo sesso gli abbiamo anche dimostrato che aveva ragione». Alza le braccia al cielo. «Io sono esattamente quello che tutti dicono di me. Una stupida troietta che va a letto con tutti, che non fa altro che infilarsi nel letto del suo capo perché è troppo cretina per imparare la lezione».

Mi alzo, afferrandola per le spalle e scuotendola.

«No, basta usare queste parole orribili. Non sei assolutamente quello che dici. Abbiamo provato a resistere e abbiamo fatto la cosa giusta per mesi, Bryn. Mesi. Non sei finita a letto con il tuo capo perché sei troppo cretina per imparare la lezione. Io spero che tu sia venuta nel mio letto perché ci tieni a me almeno quanto io tengo a te».

Bryn

Guardo Matt negli occhi, profondamente colpita dalle sue parole, per questo suo modo di difendermi. Io… non so cosa dire. Sono sopraffatta, amareggiata, imbarazzata. Per lo meno non si fa menzione del mio nome nell'articolo, anche se non ce n'è bisogno. C'è una foto che dimostra che sono io. Tutti in azienda vedranno l'articolo e la foto e mi coprirò di ridicolo. Tutti nel settore verranno a sapere questo pettegolezzo e che sono io quella che ha una storia bollente con il suo capo.

È quel genere di umiliazione da cui ho sempre cercato di fuggire da quando Brian Fairbanks mi dava la caccia nel suo ufficio. Ho evitato situazioni simili per anni. Continuando ad andare avanti perché la cosa non mi toccasse.

Ma se mi guardo ora, affondata nello scandalo fino al collo, non posso biasimare altri che me stessa.

«Di' qualcosa». Matt mi dà un'altra leggera scrollata, sottraendomi ai miei pensieri. «Devo sapere se anche tu hai investito in questa cosa come me».

«Investito in cosa?», chiedo, sentendomi frastornata.

«In noi», risponde, la bocca seria, gli occhi scuri, insondabili. «Dimmelo. Ho bisogno di sentirtelo dire».

«Io… io non so come mi sento, Matt», dico sinceramente e vedere la sua espressione devastata mi spaventa.

Dio, non riesco a farne una giusta per quanto ci provi.

«Allora tu non vuoi stare con me», continua, la voce piatta mentre mi lascia andare.

«Non ho detto questo». Lo guardo mentre mi volta le spalle e si passa una mano tra i capelli, emettendo un impercettibile singulto di disperazione.

Il mio cuore e tutto il mio corpo si struggono per andare da lui. Per dargli conforto e fargli sapere che non permetteremo a questo ostacolo di distruggerci. Possiamo sopravvivere.

Ma non so se è la verità.

«Io non lo so cosa voglio», dico mentre lui tace. «Ieri notte è stato… meraviglioso Una delle più belle notti della mia vita, ma stamattina, dopo aver visto questo articolo e la foto, non so cosa pensare. Di noi insieme. Avremo a che fare con questo genere di cose per tutta la vita? Possiamo sopravvivere a questo esame continuo?». Mi spaventa non solo la stampa, ma quello che gli altri potrebbero pensare di noi. I suoi amici, gli altri esponenti del settore. Non voglio creargli problemi.

Non voglio metterlo in imbarazzo.

Si gira a guardarmi, la sua espressione è un misto di confusione, rabbia e frustrazione. Mi sento malissimo. Sono io che gli sto facendo questo, che gli sto facendo provare queste cose. «Questo è un colpo di coda, Bryn. Ormai non sono più sotto i riflettori ed è così da parecchio. A nessuno importa se ho un'azienda vinicola a Napa Valley, se non a quelli di Napa Valley. Insomma, ormai mi hanno quasi dimenticato. Ci sono altri nuovi giocatori più giovani che mi hanno rimpiazzato e ne sono contento. Sono fuori dal giro. Ma mio padre? Non sopporta che io non sia più sotto i riflettori. Non sopporta di non esserci lui. Sono anni che foraggia la stampa con storielle su di me».

«Pensi davvero che dietro ci sia tuo padre?», chiedo incredula. Mia nonna magari mi fa impazzire e mi sommerge di consigli sull'amore, ma non mi danneggerebbe mai in modo così spudorato né diffonderebbe simili bugie.

Matt afferra il telefono, preme un pulsante e lo tiene all'orecchio, la sua espressione torva, la rabbia gli balena negli occhi. Credo stia ascoltando la segreteria telefonica o qualcosa del genere. Aspetto nervosa, le mani intorno al corpo, la mente che viaggia veloce.

E se il fotografo avesse altri scatti? E se li pubblicasse nei prossimi giorni? Dio, cosa ci succederebbe?

«Mi ha lasciato un messaggio in cui mi chiede se ho visto l'articolo, e il tono è quello di uno stronzo pieno di sé», dice Matt, risvegliandomi dai miei pensieri. «E sì, lo penso davvero, soprattutto dopo che mi hai raccontato il genere di cose che ti ha detto. Sì, penso proprio che ci sia lui dietro. Insomma nessuno oggi parlerebbe di mio padre e guarda caso in questo articolo compare. È lui la nostra fonte anonima». Sospira sonoramente e si passa le dita tra i capelli. «Mi chiedo quanto lo abbiano pagato, quello stronzo, per diffondere quelle bugie. Mi chiedo chi ha ingaggiato per spiarci».

«Giusto. E chissà se usciranno fuori altre foto? Ne morirei se succedesse, giuro. Non posso vivere così», dico, a voce bassa ma determinata, mentre ho i nervi a pezzi. «Non ce la faccio, Matt».

«Di cosa stai parlando?», chiede, e chiudo gli occhi per paura di guardarlo, con il terrore di vederlo triste.

«Avere a che fare con questo genere di cose distrugge la mia autostima, che è già abbastanza incrinata». Spalanco gli occhi e lo trovo che mi fissa, lo sconcerto è lampante sul suo viso. «Non sono mai riuscita a liberarmi della macchia di essere una rovinafamiglie, una ragazza facile. La stupida troietta che è andata a letto con il suo capo perché pensava che fosse dovuto».

«Ma non è questo che è successo a noi, Bryn. Non lo vedi? Questo non ha niente a che fare con il fatto che io sono il tuo capo e tu la mia segretaria. Quello che abbiamo ora, che abbiamo condiviso ieri notte, siamo solo noi, un uomo e una donna che sono attratti l'uno dall'altra». Fa una pausa e mi guarda. «Non è così?».

Non posso far altro che guardarlo, incerta su cosa dire, su come difendere i miei sentimenti che sono quello che sono e non c'è alcuna spiegazione. Ci sono e basta. E non se ne andranno tanto presto. Non è facile.

Ma non dico niente di tutto questo. Non capirebbe. È ricco, ha una posizione ed è determinato ad avere quello che vuole, che sia una nuova carriera, una nuova donna... una novità qualsiasi.

Io, invece, non ho questa sicurezza. Sono giovane e mi impegno e mi sforzo di migliorare, ma ogni volta che penso di essere approdata in un luogo migliore, mando tutto a puttane e faccio quaranta passi indietro. E alla fine mi ritrovo al punto di partenza.

«Non lo so», dico a bassa voce. «Non sono sicura che possa funzionare».

«Bryn». Gli si incrina la voce quando pronuncia il mio nome e quel suono mi spezza il cuore. «Basta. Non parlare così».

«Avrei voluto dare le dimissioni appena rientrati», sbotto, perché voglio che sappia la verità. «Con un preavviso di due settimane. Poi avrei fatto i bagagli, avrei caricato la mia Saturn e me ne sarei tornata a Cactus. Mia nonna ha detto che sarei potuta stare da lei fino a che non mi fossi rimessa in piedi e avessi trovato un lavoro».

Ora sembra veramente incazzato. «Volevi dare le dimissioni e tornare a Cactus? Ma ti ha dato di volta il cervello?».

Alzo le spalle, arrabbiata per quel suo modo offensivo di esprimersi. «Non ho nessun motivo per restare». È una bugia. Lui mi potrebbe trattenere, ma so che non funzionerebbe. E non sarebbe la cosa migliore per me. Finirei per combinare qualche altro guaio e rovinare tutti e due.

Lui starà meglio senza di me. E, anche se non ne sono proprio sicura, anche io starò meglio senza di lui.

«Non hai nessun motivo per restare». La sua voce è monocorde, lo sguardo vuoto. «Allora quello che è successo ieri notte *non* conta niente per te».

«No se finisce per farci male, cosa che sicuramente accadrà». Mi avvicino, ma lui fa un passo indietro, come se non volesse avermi accanto. «Non sono sicura che siamo fatti l'uno per l'altra», ammetto.

Mi guarda, la bocca come una linea netta. «Sei ancora dell'idea di dare le dimissioni?».

Lentamente, annuisco, ignorando l'ondata di panico che minaccia di consumarmi mentre confermo in silenzio.

«Se è così, le accetto. Non c'è bisogno del preavviso di due settimane. È finita». La sua voce, la sua espressione sono definitive e giuro che voglio esplodere in enormi singhiozzi.

Ma non lo faccio, resto calma, composta. Come, non lo so.

«Penso che dovresti provare a cambiare il volo e tornare a casa stasera», suggerisce con voce tagliente. «Ti rimborserò la penale che immagino sarà alta».

«Va bene. Partirò stasera». Sollevo il mento, rifiutandomi di farmi vedere giù. È quello che voglio dopo tutto.

Vero?

Capitolo 13

Matt

Due settimane dopo

«Hai risposto». Mi sfrego il mento, la barba lunga ruvida sotto il palmo. Non mi rado da giorni e ho dormito di merda.

«Continui a chiamarmi su questo dannato telefono e allora sì, ho risposto», dice mio padre con fare ostile. «Che cosa vuoi?».

Voglio Bryn. Mi manca. Non riesco a rassegnarmi a quello che è successo tra noi, al fatto che il nostro tentativo di stare insieme sia andato distrutto così facilmente. Da una semplice foto leggermente scandalosa e da un articolo che l'hanno messa in grande imbarazzo. Vulnerabile. Io sono abituato a quei siti di gossip che riportano un mucchio di bugie e di voci infondate. Ma Bryn no.

Quando sono partito da New York ero furioso. Ora sono solo... avvilito. Se n'è andata. Non so esattamente dove, ma so che non avrebbe sopportato di restarmi accanto un minuto di più. Non che io sia riuscito a gestire benissimo la nostra ultima conversazione a New York. Nel momento in cui abbiamo scoperto l'articolo e la foto è andato tutto a rotoli. La notte più sorprendente della mia vita con la donna più sorprendente che abbia mai incontrato, rovinata. Semplicemente.

«Voglio sapere perché», dico infine, poi mi fermo. Aspettando una risposta che sono sicuro non arriverà mai.

«Perché cosa?». E non suona affatto incolpevole.

«Lo sai bene». Faccio un respiro profondo, cercando di mantenere la calma. «Perché hai raccontato quelle storie alla stampa? Quanto ti hanno dato? Ne è valsa la pena? Diffondere in rete le foto di una ragazza innocente?»

«Non sembrava tanto innocente in quella foto». Ha pure il fegato di ridacchiare, questo bastardo.

Chiudo gli occhi, conto fino a cinque. Questo stronzo mi sta esasperando e sono sicuro che lo sa. «Io sono abituato a questo tipo di trattamento. Puoi trascinare il mio nome nel fango, non mi importa. Ma non coinvolgere anche Bryn. Non meritava quel genere di umiliazione pubblica e lo sai».

«È lei che ha umiliato me alla tua bella festa di inaugurazione», dice con la voce che trasuda veleno. «Pensala come ti pare, ma vedrai che alla lunga avevo ragione io. Non ti serve una stupida puttanella che finirebbe per farti colare a picco».

La sua involontaria confessione mi fa venire il mal di stomaco. Sapevo che era stato lui. Alla fine sentirglielo dire non fa che confermare che sto per fare la cosa giusta. «Bryn James è la cosa più bella che mi sia mai capitata e tu hai rovinato tutto. Hai rovinato tutto con le tue chiacchiere alla stampa. Spero che per la cifra che ti hanno dato ne sia valsa la pena».

«Ragazzo, ne è più che valsa la pena, perché ha riportato il tuo nome di nuovo all'attenzione del pubblico. Scommetto che hai avuto un aumento nelle vendite alla cantina, vero? Tu non vuoi che la gente ti dimentichi. Sei ancora importante, lo sai. Per molti sei un eroe. Proprio come me», dice compiaciuto.

«Tu non sei un eroe per nessuno, brutto stronzo. Non ti voglio più né vedere né sentire». Sono furioso. Vedo letteralmente rosso e allontano il telefono dall'orecchio, pronto a chiudere la chiamata, ma poi sento che continua a parlare.

«Non tagliarmi fuori tanto in fretta, Matt. Sono tutto ciò che ti è rimasto al mondo. E lo sai».

Non è vero. Ho i miei amici, Archer e Gage. Ivy e Marina. E, con un po' di fortuna, riavrò indietro anche Bryn.

«Non ho bisogno di te», borbotto nel telefono, quindi riattacco.

Non ho affatto bisogno di Vinnie DeLuca.

Però ho un assoluto bisogno dei miei amici. E più di tutti, ho bisogno di Bryn.

Ma prima devo trovarla.

«Se prima pensavo che fossi insopportabile, adesso sei diventato una vera e propria ragazzina scontrosa», mi dice Archer scuotendo la testa quando mi avvicino al tavolo che divide con Gage. «Alla fine non so se questa dei quarantacinque giorni sia stata una buona idea».

«Infatti no. Vaffanculo ai quarantacinque giorni». L'ultima cosa a cui sto pensando è quella stupida scommessa. Mi lascio cadere su una sedia, guardando a malapena la cameriera in abito succinto che si avvicina al nostro tavolo. «Vodka doppia, liscia. Faccia una Grey Goose», dico.

«Qualcos'altro per voi, ragazzi?». La voce della donna è pimpante e allegra. Tento di darle un'occhiata, sbirciando la gonna corta, il top che le lascia scoperta la pancia e contiene il seno enorme. Non mi preoccupo neanche di guardarle il viso. Ma da come è vestita, non credo che le importi se qualcuno la guarda in faccia o no.

Siamo al bar dello sport della zona, famoso per le sue bellissime cameriere, perché Archer mi ha mandato un messaggio per chiedermi di raggiungere lui e Gage per un drink dopo il lavoro. E quindi eccomi, avvilito e pronto ad annegare i dispiaceri nell'alcol.

Con ogni probabilità mi hanno portato qui per cercare di indurmi in tentazione. La scommessa è ancora valida e sono sicuro che le proveranno tutte per farmi perdere. La cameriera è davvero eccitante.

Ma non me ne frega un cazzo. Tutto quello che voglio è Bryn.

«Stiamo bene così, grazie», dice Archer. La sua bottiglia di birra è piena, come quella di Gage. Mi guardano entrambi come se fossi pazzo, riesco a sentire i loro occhi su di me, ma fisso il tavolo, tamburellandoci sopra con le dita.

«L'astinenza da sesso ti ha reso musone», inizia Gage e sollevo la testa a guardarlo. Ammutolisce.

«E arrabbiato», aggiunge Archer. «Cosa c'è che non va?».

Glielo dico? Il mio umore nero non dipende affatto dall'astinenza, semmai dipende dal sesso migliore che abbia mai fatto in vita mia, con la donna più bella che abbia mai conosciuto. La stessa che è uscita dalla mia vita circa due settimane fa.

Di cui sono innamorato, ma alla quale non l'ho neanche detto perché sono troppo codardo.

«Avete visto l'articolo su quel sito di gossip, no?», dico pensando di poter cominciare dall'inizio. E dài, possibile che se ne siano già dimenticati? So che sono incasinati con le loro cose dal momento che entrambi hanno altro da fare, impegnati tra il lavoro e le donne che amano.

Bastardi che hanno tutte le fortune.

In più li ho evitati per paura che volessero parlarne. Tirarmi fuori tutto. Sono stato solo con il mio avvilimento e alla fine mi hanno costretto a uscire dalla tana.

«Sì, e la foto. Tu continuavi a dire che non c'era niente tra di voi». Archer mi rivolge un gesto di scetticismo, con un sopracciglio alzato, come solo lui sa fare. «Non sono sicuro di crederti, però. E come spieghi Bryn con le mutandine in vista?»

«Non mi credereste», dico sorridendo torvo alla cameriera quando mi posa davanti la mia ordinazione, la scollatura praticamente sul mio viso. Ignorando le sue bombe, afferro il drink, butto giù la vodka in un unico sorso e le restituisco il bicchiere. «Un'altra, grazie».

«Subito», dice con un cenno del capo prima di andarsene.

«Ehi, amico, vacci piano», fa Gage. «Poi mi tocca riaccompagnarti a casa ubriaco».

Agito una mano. «Prenderò un taxi».

«No, invece», dice, deciso, Archer. «Raccontaci cosa è successo, Matt. Dov'è Bryn? Ivy ha detto che se n'è andata. Ha lasciato la città. Una decisione estrema...».

«Se n'è andata. L'articolo e la foto sono stati troppo per lei. Si è licenziata. È tornata a casa». Odio mio padre per aver causato tutto questo. E meno ancora sopporto il fatto che sia convinto di avermi fatto un favore.

Tuttavia forse avevo esagerato con lei da prima. Ha detto che aveva già pensato di andarsene. Se ne sarebbe andata dopo tutto quello che c'è stato tra noi e prima di concedermi un'altra possibilità.

Grandioso. La mia seconda possibilità l'ho avuta e lei ha rinunciato ancora. Ho il cuore a pezzi per non averla accanto.

«Dov'è la cameriera con il mio drink?», dico, guardando Archer e Gage. Entrambi sembrano infastiditi, ma non mi importa poi molto. Sono sempre quello bello. Il ragazzo che se ne frega di tutto e di tutti.

E alla fine sono tutt'altro che piacevole e accomodante. E la fortuna di tutti è che riesco a mantenere il controllo perché mi sento come se dovessi perderlo da un momento all'altro.

«Ehi, che è successo con tuo padre?».

Alzo le spalle. Sanno che dietro a tutto c'è Vinnie;

gliel'ho detto quando sono tornato. Da allora non ne abbiamo più parlato. Sono stato troppo occupato a crogiolarmi nel mio avvilimento. «L'ho chiamato e abbiamo litigato dopo il mio rientro».

«E...?»

«E all'inizio ha negato di essere stato lui. Continuava a ripetere che non c'era motivo per cui avrebbe dovuto fare una cosa del genere a suo figlio. Ma io ho insistito. Non ho creduto a una sola parola e alla fine ha ceduto».

Scuoto la testa, e mormoro un grazie alla cameriera che è tornata con il mio drink. Quando la vede, Archer le fa un saluto con la mano e io sollevo il bicchiere verso di loro come per un brindisi. «Ha ammesso di aver fatto la soffiata al giornalista. Hanno visto Bryn e me al ristorante e ci hanno scattato qualche foto lì. Ma poi in qualche modo sono riusciti a vederci alla finestra dell'albergo e hanno deciso che sul sito era meglio pubblicare quella foto». Vuoto il bicchiere in un sorso e lo poso sul tavolo.

«Quindi il colpevole è tuo padre», dice Gage con un tono di voce che tradisce lo sconcerto. Lo sguardo disgustato dei miei amici la dice tutta.

«Sì, quello stronzo», dico, e più forte della rabbia è la tristezza per avere un padre così senza cuore da farmi una cosa del genere.

Fa male. La nostra relazione ha subito una rottura irreparabile. Almeno per ora. Non riesco neanche a pensare di potergli parlare di nuovo, di condividere con lui qualcosa di personale, e neanche di rivolgergli la parola. Che diavolo, non gli manderò neanche gli auguri di Natale. Ha rovinato tutto.

Dovrà strisciare in ginocchio prima che possa prendere in considerazione la possibilità di parlargli di nuovo.

«E Bryn se n'è andata», dice Gage.

«Esatto». Annuisco con la testa un po' confusa. Riesco a sentire l'alcol che entra in circolo e resto in attesa del torpore. Sarà il benvenuto. «Possiamo cancellare la scommessa che sapete».

«Aspetta... cosa?». A vedere l'espressione di Archer ci sarebbe da ridere se non fossi così giù di morale.

«Cancelliamola. Non riscuoterò. Non potrei». Prendo il bicchiere, poi mi ricordo che è vuoto e lo rimetto giù con un brontolio irritato. «Bryn e io abbiamo fatto sesso. Sorprendente, fantastico, come non ce ne sarà mai più».

«Che bastardo furbo e bugiardo...», comincia Gage, ma Archer gli lancia un'occhiataccia e lo zittisce.

«E lei ti ha lasciato comunque. È dura, fratello. Mi dispiace», dice Archer, cauto. È buffo come il fatto che stia per diventare padre lo abbia reso compassionevole. Il vecchio Archer mi avrebbe rotto le palle senza sosta a questo proposito.

Il nuovo Archer, follemente innamorato di Ivy ed emozionato all'idea di diventare padre, è diventato una persona che... considera i miei sentimenti.

Sì. Sono nel pieno di un momento di grandi confidenze. Accidenti alla vodka.

«E neanche si avvicina a quello che è stato in realtà». Sorrido, ma mi sembra che il viso mi si spacchi in due. «Lo sapete che quello stupido sito ha messo su l'articolo e poi non ha detto altro? Qualcun altro lo ha ripreso, ma poi è uscito fuori un altro scandalo, non ricordo neanche cosa, e io e Bryn siamo stati subito dimenticati. È la dimostrazione che non sono più nessuno. E la sapete una cosa? Non mi dispiace. Non mi mancano i fan, i fotografi e tutte quelle stronzate. Mi manca giocare a baseball. Mi manca tantissimo, ma dopotutto, okay. Sono fuori. Ho una nuova vita. Un nuovo lavoro che amo e avevo trovato anche una donna che avrei potuto amare. Invece mi ha lasciato».

Dannazione, suono patetico e lagnoso alle mie stesse orecchie.

«Va bene. Annulliamo la scommessa», dice Archer, con l'espressione preoccupatissima. «Ma...».

«La lascerai andar via?», chiede Gage interrompendo Archer. «Te la fai scappare e la dimenticherai per sempre?».

Li guardo. «Che cosa volete dire?». La cameriera mi posa un altro bicchiere davanti, con estrema disapprovazione dei miei amici e io le sorrido grato, guardandola dritta negli occhi invece che nelle tette. Mi chiedo se lo apprezza.

Probabilmente no.

«Cercala», consiglia Gage. «Vai nella sua città e dille che vuoi che ritorni».

Faccio una smorfia, vuoto di nuovo il bicchiere e ne faccio un'altra quando la vodka mi scende giù per la gola. «Da come lo dite sembra facile».

«Sembra perché lo è», dice Gage ammiccando. Vorrei prenderlo a pugni in faccia. Deve essere la vodka.

«Basta saltare su un aereo e andare nella sua cittadina a cercarla. Non deve essere difficile scoprire dove vive, il suo indirizzo. Quando la vedi, dille quello che provi».

Lascio che le sue parole si sedimentino e mi girino nel cervello insieme a una buona dose di vodka. Potrei anche farlo. Forse. «E se mi rifiuta?»

«Per lo meno ci hai provato», aggiunge Archer. «Non avrai nessun rimpianto e nessun "e se". Quei "se" ti uccideranno, credimi».

Sì. Ha ragione. Mi chiedo come posso arrivare a Cactus, in Texas. Prendere un volo e affittare una macchina, penso. Non conosco il nome di sua nonna. Ma scommetto che tutti sapranno chi è Bryn James. La donna più bella, dolce, gentile e sexy del mondo.

«Lo farò». Chiudo la mano a pugno e lo sbatto sul tavolo, facendo traballare i miei bicchieri e le bottiglie di birra, vuote anch'esse. «Vado subito a organizzare tutto». Faccio per alzarmi, ma sia Archer che Gage agitano le braccia come se volessero rimettermi a sedere o qualcosa di simile.

«Rallenta, amico», dice Gage scuotendo la testa con una risatina mentre ricado a sedere, con la testa che mi gira. «Prima devi tornare sobrio. Guardati, tre shot di doppia vodka e sei arrivato».

«Come volete», dico con la testa piena di immagini di Bryn. Bryn che sorride. Bryn in beige. Bryn nuda. Bryn triste.

La mia espressione si spegne. Non voglio più vederla triste. La devo trovare.

Quella donna deve essere mia una volta per tutte.

Capitolo 14

Bryn

«Ehi, faresti meglio a pulire il pollaio e anche alla svelta! Quel gallo sembra pronto ad attaccare le sue amichette. Di sicuro non gli piace camminare nella cacca!».

Sospirando, lancio il telefono sul letto – l'iPhone che Matt mi ha permesso di tenere nonostante lo usassi per lavoro – ed esco dalla camera per capire il motivo per cui mia nonna continua a sbraitare.

È in cucina a lavare i piatti. Vorrei tanto che ci potessimo permettere una lavastoviglie, ma così non è. Sta guardando dalla finestra il pollaio sul retro, una fragile struttura in legno che uno dei ragazzi del vicinato le ha costruito qualche anno fa.

«Cos'è che devo fare?», chiedo rassegnata. Non potrei non esserlo, dato che l'unico lavoro che a quanto pare si trova in questa cittadina dimenticata da Dio è sbrigare servizi in casa a destra e a manca per mia nonna. Non ho avuto il lavoro da Soap-n-Snip, per rispondere al telefono e spazzare capelli dal pavimento. Lo ha avuto Jo Nesbitt. Si è diplomata due anni dopo di me e ha già due bambini da crescere.

Ha diritto a quel lavoro molto più di me.

«Il pollaio, bambola. C'è un mare di cacche di proporzioni epiche e quel collerico, cattivissimo gallo non sopporta quando la cacca si ammucchia». Mia nonna fa di nuovo il verso della gallina. Adora dire cose folli per impressionare la gente. Più invecchia e più peggiora. Di solito la ignoro oppure rido insieme a lei.

Ma oggi, l'ultima cosa che ho voglia di fare è ridere. Fuori si muore di caldo e non voglio uscire a spazzare cacche di polli.

«Vuoi che vada fuori a pulire, adesso?», chiedo con le spalle cadenti.

«Certo. Guarda quel gallo». Un altro coccodè. «Se non lo fai, e anche in fretta, inizierà a beccare in testa gli altri polli».

Mi metto accanto a mia nonna e mi rendo conto che non sta esagerando. Il gallo cammina impettito in tondo nel piccolo recinto, beccando la testa di tutti i poveri innocenti che gli si avvicinano.

Tipico maschio. Quel gallo è un vero stronzo.

«Va bene», dico con un sospiro. «Vado a pulire».

«Ricordati gli stivali», mi grida dietro mentre punto verso il garage. «E un secchio e una pala così puoi raccogliere tutte quelle cacche!».

Afferro il secchio e la pala che mia nonna usa per il pollaio e poi mi infilo gli stivali di gomma che ho comprato da Walmart anni fa e che indossavo quando pioveva o nevicava, cosa che succede raramente, ma succede. Sono bianchi e orrendi, segnati dagli anni e dell'usura, ma non mi importa. Indosso una canottiera sdrucita e un paio di jeans tagliati. Quelli della grande

Napa Valley probabilmente se la farebbero addosso se mi vedessero, ma sono qui nel cortile sul retro di casa di mia nonna e non c'è nessuno nel raggio di chilometri.

Non devo fare colpo su nessuno.

Giro intorno alla casa, vado verso il pollaio e apro la porta, puntando avanti la pala per tenere lontano il gallo, che è un vecchio coglione che non vorrebbe fare altro che assalirmi alle spalle e artigliarmi con le sue zampacce. Lo ha già fatto una volta e per la paura mi è quasi venuto un infarto.

Ma stavolta sono preparata. Non puoi mai girargli le spalle, altrimenti ti prende alla sprovvista, come il tuo peggior nemico.

Oddio, se ci penso bene potrei imparare un bel po' di lezioni di vita a stare qui a pulire questo maledetto pollaio. Rido e scuoto la testa mentre inizio a pulire le cacche che si sono ammucchiate in piccole montagne lungo i bordi dell'area recintata.

È veramente disgustoso.

È trascorso un mese da quando ho lasciato New York e sono tornata a St Helena. Sono passata in ufficio di mattina presto e ho portato via tutte le mie cose personali dalla scrivania. Ho dato anche la disdetta dell'affitto senza preoccuparmi del fatto di dover pagare un'altra mensilità per rescissione anticipata dal contratto, anche se lasciavo casa immediatamente.

Volevo solo andarmene da lì.

Mi ci sono voluti un paio di giorni per mettere via la mia roba, chiudere alcune questioni e preparare tutto per il trasloco. Ma quando ero finalmente pronta per partire, valigie fatte e in direzione della stazione di servizio prima di mettermi in viaggio al tramonto, ho deciso di controllare la posta per l'ultima volta. E ho trovato un assegno dalla Cantina DeLuca – tre mensilità di stipendio. Trattamento di fine rapporto, diceva la nota accompagnatoria.

Quell'assegno mi bruciava e sconvolgeva fin nelle viscere. Non volevo la sua paga compassionevole, ma non ero neanche nella condizione di guardare in bocca a caval donato, come avrebbe detto mia nonna.

Non ho mai capito bene quel proverbio ma… era calzante.

Allora sono andata in banca, ho depositato tutti i soldi e mi sono messa in viaggio. Mi ci sono voluti sei giorni, ma alla fine è servito solo a trovarmi senza prospettive, né energie, e più triste di quanto sia mai stata in vita mia.

Mi manca Matt. Sono stata stupida a scappare da lui e dai miei sentimenti. Aveva così tanta voglia di gettarsi alle spalle i problemi a testa alta, e invece me ne sono andata. Me lo sono fatto sfuggire, scivolare via tra le dita come se non me ne importasse nulla.

Dio che idiota sono stata! Mi prenderei a schiaffi, adesso, al solo pensiero.

Ma piangere sulla nostra relazione perduta non me lo riporterà, né mi farà trovare la pace. Ho fatto un casino e devo guardare in faccia la realtà. Impara dai tuoi errori e ricordati la lezione.

Non farti scappare un uomo che vale, è così che mi ha detto mia nonna quando qualche sera fa le ho raccontato cosa è successo. Per settimane mi sono tenuta dentro la mia storia, quello che è successo con Matt, fino a che mia nonna non mi ha trovato a piangere nel portico sul retro e di punto in bianco mi ha chiesto cos'avessi.

E quando ho finito di raccontare, è stato l'unico consiglio che mi ha dato.

Non farti scappare un uomo che vale.

Troppo tardi, nonna.

Sospirando, mi strofino la fronte con il polso prima di ricominciare a spalare. Avrei dovuto mettere i guanti, ma me ne sono dimenticata. Per lo meno, grazie alla pala, non tocco le cacche direttamente.

Dio, come è cambiata la mia situazione. Un mese fa ero a New York nell'hotel più bello che abbia mai visto, e ora sto spalando merda di pollo.

Come è facile cadere in bassa fortuna.

Riempio praticamente un secchio intero, sempre brandendo alta la pala in direzione del gallo non appena mi si avvicina, e continuamente sulla difensiva. Sto iniziando a sudare, probabilmente anche a puzzare e sento i piedi viscidi e disgustosi dentro gli stivali di gomma.

Avrò bisogno di una doccia subito dopo aver finito questo orrendo incarico. Non mi meraviglia che mia nonna non ne voglia sapere.

«Bryn?».

Mi blocco, girandomi alla mia sinistra. Giuro di aver appena sentito la voce di Matt che mi chiamava. Grandioso. Ora sto anche diventando pazza e sento le voci.

«Pessimi maschi», dico scuotendo la testa e puntando la pala contro il gallo, che sembra sempre pronto ad attaccarmi. «Siete tutti uguali. Pronti a saltare addosso a una donna e farla a pezzi prima che possa rendersene conto».

«Bryn, ma cosa diavolo fai? Parli con un pollo?».

Raddrizzo del tutto la schiena, mi giro lentamente con il sole che mi va di colpo negli occhi, li schermo con la mano e vedo...

O mio Dio, vedo Matthew DeLuca, in piedi nel cortile di mia nonna, dall'altra parte del pollaio, bellissimo in un paio di pantaloni corti color cachi e una polo color vinaccia.

«Non parlo con un pollo», spiego con voce debole. «Semmai con un gallo».

«Fa differenza?», chiede Matt, con un sorrisetto che gli incurva le labbra.

«Non lo dire al gallo. Poi si offende», dico, girandomi e puntando la pala contro quella creatura con la quale stavo realmente parlando e che si è avvicinata approfittando della mia distrazione.

Ho il cuore impazzito, e non posso credere che Matt sia qui. Con me.

Ma perché?

«Ti... ehm... ti trovo bene, Bryn».

Che bugiardo. Sembro una pazza e lo so. Mi giro completamente per guardarlo e sollevo un piede mostrando gli stivali. «Ti piacciono?»

«Interessanti. Ma preferisco quei mini shorts di jeans». Fischia piano e a quel suono un'ondata di piacere mi avvolge. «Le tue gambe sembrano lunghissime così».

Dentro di me scorre l'eccitazione di averlo qui, a Cactus, in Texas, mentre mi osserva le gambe e mi dice che sto bene. Se c'è qualcuno che sta bene è lui, sexy e affascinante in pantaloncini corti e polo, i capelli neri in un ammasso disordinato, il viso coperto da un'ombra di barba.

Se non fossi vestita come una pazza e non mi trovassi in mezzo ai polli e alle loro cacche, gli correrei incontro per buttarmi tra le sua braccia.

«Merda!», strillo quando sento una fitta lancinante dietro alle ginocchia. Mi giro e colpisco il gallo che mi ha attaccato. Gli volto le spalle un secondo di troppo e guarda come mi tratta. «Brutto stronzo!», grido, agitandogli la pala davanti. Grazie al cielo si allontana, io afferro il secchio e indietreggio per uscire fino a che non sento di essere arrivata al recinto. Lo apro, scatto all'esterno e lo richiudo, appoggiandomici per un breve istante, cercando di calmare i battiti impazziti del cuore.

Poi mi giro e vedo Matt che ride così tanto che temo che possa piegarsi in due e cadere a terra.

Matt

Non dovrei ridere. Bryn si è appena presa lo spavento del secolo e la sua espressione è uno spettacolo. Non ho fatto in tempo ad avvertirla e vedere quel gallo svolazzare così rapido è stato terribile. Un attimo prima stavamo flirtando e chiacchierando e subito dopo quel selvaggio, arruffato gallo rosso le è andato addosso con le zampe tese e le ha artigliato il retro delle ginocchia. È stato orribile. La cosa divertente? Le parolacce che sono uscite dalla bocca di Bryn, rese ancora più esilaranti dal suo accento. Era furiosa. Incazzata nera con quel gallo che le è saltato addosso tentando di staccarle un pezzo di carne dalle gambe.

«Non è divertente, sai?», dice quando si avvicina, ma io scoppio a ridere di nuovo.

«Oh, sì che lo è», rispondo con il respiro spezzato.

Si ferma proprio davanti a me, lasciando cadere il secchio accanto ai suoi stivali. La guardo, la guardo davvero, e le risate mi muoiono in gola. Nonostante quest'abbigliamento sconclusionato mi eccita da morire. Il top è sdrucito e macchiato, aderente al seno, e questi pantaloncini dovrebbero essere illegali per quanto sono corti. Non riesco a non chiedermi se sotto indossi gli slip perché, se lo fa, devono essere maledettamente piccoli.

Ma gli stivali bianchi di gomma sono il tocco finale. Non l'ho mai vista vestita così. E mi piace.

«Che cosa ci fai qui, Matt?», chiede, infilando la pala nel terreno, con le dita ancora sull'impugnatura.

«Sono venuto a cercarti». Più la guardo e più mi si asciuga la bocca. Un leggero velo di sudore le copre la pelle e riesco a sentire quel profumo, per me come una maledetta droga, che si diffonde tutto intorno, nonostante il secchio pieno di cacche ai suoi piedi.

«Perché?». La sua voce è così dolce, così piena di dubbi che vorrei tanto prenderla e stringerla tra le braccia.

Ma non lo faccio. Non ancora. Magari aspetto che prima si faccia una doccia o per lo meno si lavi le mani, ma stringerò presto questa donna tra le braccia, promesso.

«Voglio che tu venga via con me, Bryn», le dico, puro e semplice. «Mi manchi».

Socchiude le labbra e afferra il manico della pala così forte che le nocche diventano bianche. «Cosa?»

«Mi sei mancata. E io? Ti sono mancato?». Faccio un passo verso di lei vedendo che spalanca gli occhi, la lingua sguscia fuori per un attimo per passare sulle labbra. Maledizione, voglio baciarla. «A stare senza, mi sono accorto che ho bisogno di te».

«Ti serve una segretaria?».

Ah, sciocca di una Bryn. Non riesce proprio a credere che qualcuno possa aver bisogno di lei, vero? Si sorprenderebbe sapendo che senza di lei sono andato alla deriva? «Non ho bisogno di te come segretaria. Ho bisogno di te nella mia vita. Ho bisogno di averti accanto per mandare avanti l'azienda».

«A lavorare per te», prosegue con voce piatta.

«Ti pagherò, certo, dal momento che tecnicamente sarai una mia impiegata, ma non come mia assistente, come compagna». Sorrido gentilmente e faccio un altro passo verso di lei, fino a fermarmi proprio di fronte, allungo una mano e la poso sulle sue ancora sul manico della pala. «Ti amo, Bryn. E non voglio più vivere senza di te».

«Matt...», fa per dire, ma le stringo una mano e la zittisco.

«Niente proteste e non dire che non vuoi crearmi problemi o qualunque altra scusa folle come quelle che hai tirato fuori l'ultima volta che abbiamo parlato. Non voglio sentirle». Allungo la mano libera verso di lei, prendendole il mento e assaporando la sua pelle soffice. «Voglio che tu faccia parte della mia vita. Voglio che tu viva con me in California e lavori con me. Voglio che tu sia la mia compagna e che gestiamo la Cantina DeLuca insieme. Che ne pensi?».

Sorride, gli occhi azzurri brillanti di lacrime. «Penso che sei pazzo».

«Hai ragione». Incapace di resistere, mi piego e le stampo un bacio su quelle labbra tentatrici. «Sono pazzo di te, Bryn. Ora di' che rinuncerai a spalare merda di pollo per il resto della tua vita e verrai a lavorare per me».

Bryn ride, con le lacrime che scorrono liberamente. «Non lo so, fammici pensare».

«Che donna testarda», mormoro un attimo prima di darle un altro bacio, stavolta più intenso, bollente, profondo, pieno di dolcezza e mormorii di piacere da parte della mia donna.

La mia donna. Mia. È così che ho sempre pensato a Bryn da quando mi ha lasciato. Mi ci è voluto troppo tempo per mettere insieme il coraggio e venire a cercare la donna che desidero.

«Ma cosa… cosa diranno tutti?», chiede quando ci stacchiamo. «Spettegoleranno. Diranno che ti scopi la tua segretaria».

Sono veramente offeso che semplifichi così la nostra

relazione. «Non si tratta di scopare. Voglio stare con te. Voglio che tu sia la mia compagna. Nel lavoro, nella vita, in tutto. Ti voglio. E vaffanculo chiunque abbia qualcosa da dire».

Resta a bocca aperta come se non riuscisse a credere a quanto ho appena detto. Si schiarisce la gola e mormora: «Mi sono preoccupata così tanto di come tutto questo mi potesse influenzare. Stare con te. Non ho mai avuto una grande fortuna con gli uomini, sai».

«Lo so», dico dolcemente, con il cuore che mi si spezza per lei. Sembra spaventata, nervosa. Ed è l'ultima cosa che voglio. «Sarò orgoglioso di considerarti la mia compagna in ogni aspetto della mia vita, Bryn. Sei intelligente e forte. Ho bisogno di te. Molto più di quanto immagini».

Gli occhi brillano di lacrime non scese. «Davvero?», chiede, incredula.

Abbasso la testa, la mia bocca esita sulla sua. «Davvero. Ti amo», le sussurro sulle labbra, mentre infilo le dita tra i suoi bellissimi capelli. «Vieni con me, Bryn. Stai con me. Ho bisogno di te».

Sorride, emette una risatina tremula prima di annuire. «Anche io ti amo, Matt. Mi sei mancato così tanto. Io… non sopportavo l'idea di stare senza di te».

«Anche tu mi sei mancata, baby. E credimi, non ti farò mai spalare cacche di pollo a casa mia. I polli sono banditi al cento per cento». La bacio di nuovo perché non riesco a resistere, ed entrambi lasciamo contemporaneamente la presa sul manico della pala per aggrapparci l'uno all'altra, i corpi stretti tra loro.

È così maledettamente bello sentirla contro di me, il suo piccolo corpo sexy coperto a malapena, come se i miei sogni fossero diventati realtà.

Anche in questi folli stivali di gomma bianchi.

«Stai forse dicendo che sei di nuovo il mio salvatore personale? Che viene qui e mi salva da una vita da spalatrice di merda di polli?». Sbatte le palpebre e le sorrido, strusciando il mio naso contro il suo.

«Sì, è proprio così. Ma, devo dire, solo ora che mi consideri tuo salvatore, anche tu diventi mia». Abbasso la testa e la bacio, perché voglio che capisca che sono fermamente intenzionato a portarla via da Cactus per andare a stare definitivamente a casa mia.

Perché è quello il luogo a cui appartiene.

Ringraziamenti

Mi sono divertita molto a scrivere di questi scapoli miliardari e della loro ridicola scommessa da un milione di dollari. Creare per loro i migliori abbinamenti, vederli crollare... mi sono goduta ogni momento. Voglio ringraziare la mia editor Chelsey Emmelhainz per l'infinito sostegno, per come mi ha aiutato a rendere i miei libri sempre migliori e per la sua infinita pazienza quando mi sono agitata e sono rimasta invischiata in una frenesia assoluta per tutta l'estate 2013. Ti apprezzo molto più di quanto tu sappia, e non vedo l'ora di lavorare a qualcosa di nuovo insieme a te!

A tutti quelli della Avon Impulse, siete fantastici e il vostro supporto è meraviglioso. A Caroline Perny per essere così ricettiva e per tutto l'aiuto ricevuto. È stato bellissimo far parte delle autrici di Avon Impulse e spero di continuare questa avventura.

Come sempre devo ringraziare la mia famiglia per aver sopportato che mi rinchiudessi nello studio a lavorare per tutto il santo giorno. Ho il marito e i figli migliori del mondo.

E poi, i lettori. Il vostro sostegno è tutto per me. Non potrei mai fare questo lavoro senza di voi, quindi grazie dal profondo del cuore.

Indice

Anagramma

Ultimi volumi pubblicati

Rebecca Donovan, *Una ragione per restare*
Rebecca Donovan, *Una ragione per amare*
Rebecca Donovan, *Una ragione per vivere*
Jessica Sorensen, *Con te sarà diverso*
Jodi Ellen Malpas, *La confessione. This Man Trilogy*
Jodi Ellen Malpas, *La punizione. This Man Trilogy*
Jodi Ellen Malpas, *Il perdono. This Man Trilogy*
Laura Schiavini, *A qualcuno piace dolce*
Niamh Greene, *Tutte pazze per Chanel*
Susan Lewis, *Abbracciami ancora*
C.L. Parker, *La trasgressione*
Kate Forster, *Il nostro nido d'amore*
Sam Binnie, *Il diario del mio matrimonio*
Beth Gutcheon, *Gossip*
Lindsey Kelk, *I love Hollywood*
Veronica Q, *Confessioni di una baby prostituta*
Laura Wiess, *Io che non vivo senza te*
Amy Harmon, *I cento colori del blu*
Monica Murphy, *Non dirmi un'altra bugia*
Monica Murphy, *Dammi un'altra possibilità*
Monica Murphy, *Promettimi che mi amerai*
Alexandra Brown, *Amiche, segreti e bollicine*
Anna Premoli, *Finché amore non ci separi*
June Gray, *La conquista*

Emma Chase, *Cercami ancora*
Jessica Sorensen, *Non cambiare mai*
Gail McHugh, *Stringimi più che puoi*
Cassandra Rocca, *Una notte d'amore a New York*
Maxwell Megan, *Chiedimi quello che vuoi*
Rebecca Chance, *Le cattive ragazze portano i tacchi alti*
Jessica Sorensen, *Non cambiare mai*
Jessica Sorensen, *Per sempre insieme*
Ali McNamara, *Da New York a Notting Hill per innamorarsi ancora*
Gail McHugh, *Stringimi più che puoi*
Cassandra Rocca, *Una notte d'amore a New York*
Megan Maxwell, *Chiedimi quello che vuoi*
Rebecca Chance, *Le cattive ragazze portano i tacchi alti*
Sara Tessa, *Il silenzio di un batter d'ali*
Anna Premoli, Cassandra Rocca, Laura Schiavini, Angelica B., Vanessa Valentinuzzi, *Baci d'estate*
Elisa Amoruso, *Vorrei che fosse amore*
Roisin Meaney, *Un'estate così*
Megan Maxwell, *Ora e per sempre*
M. Leighton, *Ti stavo aspettando*
AA.VV., *Vacanze al mare*
Valeria Luzi, *Ti odio con tutto il cuore*
Penelope Douglas, *Mai per amore*
Valeria Luzi, *Ti odio con tutto il cuore*
Emma Chase, *Io ti cercherò*
Anna Premoli, *Tutti i difetti che amo di te*
Jessica Sorensen, *Con te sarà per sempre*
Cassandra Rocca, *Mi sposo a New York*
Kim Karr, *Avvicinati*
Angelica B., *L'educazone di Angelica*
Carole Matthews, *Appuntamento sotto l'albero*
Penelope Douglas, *Mai per amore*

Milly Johnson, *Un indimenticabile matrimonio quasi perfetto*
Miranda Dickinson, *Favola d'amore a New York*
Megan Maxwell, *Lasciami andare via*
Michelle Gable, *Un favoloso appartamento a Parigi*
Melissa Foster, *Un bacio sotto la neve*
Jen McLaughlin, *Fuori controllo*
Karen Swan, *Natale a Londra con amore*
Daniela Farnese, *A noi donne piace il rosso*
Daniela Volonté, *Buonanotte amore mio*
Jessica Sorensen, *Infinito amore*
M. Leighton, *Tutto o niente*
K.A. Tucker, *Una piccola bugia*
Rosa Ventrella, *Innamorarsi a Parigi*
Lorelei James, *Legami*
Jay Crownover, *Oltre le regole*
Penelope Douglas, *Da quando ci sei tu*
Cecile Bertod, *Non mi piaci ma ti amo*
Kristen Ashley, *Non dirmi di no*
Rebecca Donovan, *Mai senza te*
Kirsty Moseley, *Il ragazzo che entrò dalla finestra e si infilò nel mio letto*
Alessandra Merighi, *Non smettere mai di abbracciarmi*
Gail McHugh, *Perché ci sei tu*
Amy Harmon, *Sei il mio sole anche di notte*
Sarah Dessen, *Ascolta il tuo cuore*
Rachel McIntyre, *Non chiedermi se ti amo*
Emma Chase, *Tu mi cercherai*
Jodi Ellen Malpas, *Per una sola volta*
Morgan Matson, *Noi due ai confini del mondo*
Sara Tessa, *Se fossi qui con me questa sera*
June Gray, *L'abbandono. Disarm Trilogy*
Lia Riley, *Ho imparato ad amare*

Jessica Sorensen, *L'amore verrà*
Alice Oseman, *Senza nuvole*
Barbara Delinsky, *Così dolce così amaro*
Rachel McIntyre, *Non chiedermi se ti amo*
Lia Riley, *Ho imparato ad amare*
June Gray, *L'abbandono*
Laurie Halse Anderson, *Nessuno è come te*
Elisa Gentile, *Non meriti un minuto in più del mio amore*
Kylie Scott, *Tutto in una sola notte*
Molly McAdams, *Ti lascio ma restiamo amici*
Monica Murphy, *Non posso fare a meno di te*
Megan Maxwell, *Chiedimi chi sono*
K.A Tucker, *Quattro secondi per perderti*
Abigail Barnette, *The Boss*
Sierra Cartwright, *Non lasciarmi sola in una notte di pioggia*
Melissa Foster, *Ogni maledetto bacio che avrei voluto darti*
Vanessa Greene, *La casa di fronte al mare*
Aurora Belle, *I suoi occhi su di me*
Renée Carlino, *Non aver paura di innamorarti*
Jessica Clare, *Scommessa indecente*
Ella Gai, Odiare, *Amare, Baciare*
Monica Murphy, *Ti odierò fino ad amarti*
Jessica Sorensen, *Con te sarà un disastro*
Kim Karr, *Se te ne vai ti aspetto*
Lauren Layne, *L'unico sbaglio che rifarei mille volte*
Asia Stella, *Io dormo da sola*
Emma Chase, *Amore illegale*
Patrisha Mar, *La mia eccezione sei tu*
Anna Premoli, *Un giorno perfetto per innamorarsi*
Jill Ciment, *Ruth & Alex. L'amore cerca casa*
Karen Swan, *Quell'estate da Tiffany*